成長チートになったので、生産職も極めます！

BECAUSE I GAINED GROWTH-CHEAT, I WILL MASTER A PRODUCTION JOB !

雪華 慧太
Yukihana Keita
著

MAIN CHARACTERS 主な登場人物

エミリア
冒険者ギルドの
看板受付係。
ウサ耳のラビリト族。
ロイ・
テルームド
武器防具の店を営む
腕利きの鍛冶師。
エイジを気に入る。
フィアーナ
ロイの妻。料理上手で、
歌や絵も得意。

1　プロローグ

「嘘だろ……」

俺は、自室の床に仰向けで倒れている自分の姿を見て、溜《た》め息をついた。

いや、正確に言うと眺めているものは、俺自身の死体だ。

俺は、結城川英志《ゆきかわえいじ》。

享年十五歳。

でき立てほやほやの死人である。

俺の手に握られているのは合格通知だ。志望していた東京の私立高校のマークが入っている。

あれは、つい十五分ほど前の話だ。

今日は学校が休みで、俺は家でくつろいでいた。

お昼を過ぎた頃に封筒が届いて、心臓がぶち壊れるかと思うほどドキドキしながら開封すると、
合格の文字が目に飛び込んできた。

「うぉおおお！　やったぜ！」

俺は絶叫して、部屋を跳び回った。

この三年間、海に山にと遊び回ったり、恋人とイチャイチャしたりする同級生のリア獣……いやリア充どもを横目で見ながら、必死に一人で受験勉強を頑張ってきたのだ。

その甲斐《かい》あって合格を勝ち取り、喜びまくって思い切りジャンプした先には、炭酸飲料の入ったペットボトルがあった……。

そこに着地した俺は、体操選手でも、こう鮮《あざ》やかにはいかないだろうというレベルでクルリと一回転を決めた後、見事に後頭部を床に置いてあった鉄アレイに強打した。

たまには筋トレぐらいしないと駄目だと思い、昼食後にクローゼットの奥から引っ張りだしたのだが、まさか俺を殺す凶器になるとは思わなかった。人生、予想がつかないものだ。

そんなわけで魂になった俺は、再び溜め息をついた。

まるで幽体離脱したかのように、フワフワと宙を彷徨《さまよ》ってはいるが、姿形は特に死ぬ前と変わっていない。着ているものも、トレーナーとジーンズだ。

もしかしたら、生き返ることができるかもしれないと、倒れている身体に重なってみたが、駄目だった。

——やっぱ死んだんだな、俺。

しかし、まあ俺にしては頑張った人生だっただろう。

合格を手にして、最期に有終の美を飾ったと思えば、諦めがつくというものだ。

人生はくよくよしたところで始まらない……というか、俺の場合はすでに終わっている。

「くっそぉおお！　やっぱり悔《くや》しいよなぁ！」

強がって自分に言い聞かせてみたが、やはり悔しいものは悔しい。

今まで我慢していた分、高校に行って遊びたかった。

俺だって可愛い彼女を作って、デートぐらいしたかったのに。

そんなことを考えているうちに、俺は自分が空へ吸い上げられるのを感じた。

天国にでも昇天するのだろうか？

当然だが、死ぬのは初めてなので分かるはずがない。

俺は家をすり抜けて、螺旋《らせん》状の滑り台を逆走するかのように、猛烈な勢いで空に向かって引き上げられていく。

ふと見上げると、遥か上空に巨大な白い光の玉が見えた。

それがどんどん、大きくなってくる。

なんだよあれ？　死ぬって！　あんなのにぶつかったら!!

……いや待てよ？　もう死んでるか。

自分で自分にツッコんでいる間にも、白い輝きが迫ってくる。

その時、俺は女のあられもない叫び声を聞いた。

地上の方から俺に向かって、何かが近づいてくる。

よく見ると、それは変わった格好をした女だった。

どうやら、この人はお仲間のようだ。俺と同じように、死んで光の玉に向かって吸い上げられてきたのだろう。

「きゃあああ！　助けてぇえええ‼」

冗談じゃない、助けて欲しいのはこっちの方である。

自分のことは、自分でどうにかしてくれ。

……と思ったが、その声の主は俺の首筋にしっかりと抱きつきやがった。

アラサーぐらいの、結構いい年齢の女性だ。

そいつは俺に抱きついて、いきなり叫ぶ。

「死んじゃう！　このままじゃ死んじゃう！　何とかしなさいよ‼」

いや……多分貴方《あなた》も、もう死んでると思いますよ。

外見からして関わると面倒臭そうな女だけに、声には出さずにそうツッコんだ。

何かのコスプレ中に死んだのだろうか？

三十前後の女がやったら完全にアウトなほど、ファンタジックな仮装をしている。

簡単に言うと、アニメに出てくる美少女魔法使いのような格好だ。金髪は、おそらくコスプレ用のウィッグだろう。

うわ……。この人、こんな格好で死んだのかよ。ないわ、これは。

世の中には、俺以上に恥ずかしい状態で死んだ人がいるもんだな。

美人なのに、色々残念なお姉さんである。

「抓《つね》りなさい！　私の頬を思いっきり抓りなさい！　こら！　聞いてるのこの馬鹿！　役立たず!!」

いやいや、夢じゃないんだし、頬を抓ったぐらいで今の状況が変わるわけがないだろう？

女は大きな胸を俺に押し当てながら、涙目になって必死に訴えている。

し、死ぬ前に、いや正確に言えば死んだ後だが、こんないい感触を味わえるとは。

格好と性格はアウトだが、顔やスタイルは抜群。悪い気はしない。

とはいえ、俺たちの目の前には、巨大な白い光が迫っている。

それを見て、巨乳のコスプレお姉さんが絶叫する。

「いやいや、イヤぁあああ！　死にたくない！　死にたくない！　私、女神なのにぃいい!!」

何言ってんだ、いい年して『私、女神』とか。どんなコスプレをしてたのかは知らないけど、親が聞いたら泣くぞ。

ちょっとイッちゃってるアラサーのコスプレイヤーと抱き合いながら、俺は光に吸い込まれていく。

「いやぁあ！　どうしてこの私が、こんな冴《さ》えないガキと死ななきゃいけないの!?」

それはこっちの台詞《せりふ》だ。

俺はムカついたので、目の前で揺れるお姉さんの大きな胸を思いっきり揉《も》んでやった。

さっき、頬を抓れって言ってたもんな。頬じゃないけどさ、もしこれが夢なら目が覚めるだろ！

どうせすでに死んでるんだ、今さら恐れるものは何もない。

ギュムウウウ‼

「ちょ！　いたぁあああい！　何すんのこのエロガキ‼」

その瞬間――

目の前が真っ白になり、気がつくと、とても静かな場所にいた。

……。

………。

ん？　なんだここは⁉　一体さっきの光の玉はどうなったんだ？

周りを見回すと、巨大な時計のオブジェがいくつも並んでいた。壁や突き当たりが見えないほど、広大な空間だ。

そして目の前では、コスプレ美女が俺を睨《にら》んでいる。

女は右手を振りかぶると、容赦《ようしゃ》なく全力で俺に向かって振り切った。

バチィイイインン‼

頬を激しく平手打ちされて、大きな音が鳴り響く。

「いってぇぇぇぇ!?」

「へ、変態！　この無礼者！　私を誰だと思っているのです!!」

まぁ、いきなり胸を揉まれたら怒るのは当然だし、下手に言い訳をすると面倒なことになりそうなので、俺は黙って頬をさすっていた。

それにしても、私を誰だと思っているかって……確か、この人さっき変なことを口走っていたな。

そう、女神だとか何とか。

すると、巨大なビルほどもある時計のオブジェから、羽根の生えた生き物が何体も飛んできた。

まるで天使のようだ。

天使たちは女に近づき、安堵の表情を浮かべる。

「メルティ様ぁ、心配したのですよ！　時の女神が転んで頭を打ち、意識を失ったまま死にそうになるなんて、前代未聞ですから。だから言ったじゃないですか、お部屋はきちんと片付けましょうって!!」

こいつも、俺と同じような死に方をしたらしい。

メルティと呼ばれた女は、膨《ふく》れっ面《つら》で天使たちに言う。

「うるさいわね、分かってるわよ!!」

天使たちは、一様《いちよう》に呆れていた。このやり取りは、よくあることなのだろう。

「もう駄目だと思ったんですよ。メルティ様でも、あの『転生の光』に呑み込まれたら転生するしかないですからね」

続いて、別の天使が不思議そうにメルティに尋ねる。

「それにしても、どうやって意識を取り戻したんですか？　ギリギリで目が覚めて良かったですよね」

俺は思わずメルティの胸を見た。

どうやら、俺が胸を思いっきり揉んだショックで、このメルティという女神様は意識を取り戻したらしい。

俺の視線を感じて、メルティは乱れた衣装を整えながら咳払いをする。

「どうでもいいでしょ？　そんなこと!!」

天使たちは、ふうと溜め息をついた後、俺に視線を向けた。

「それにしても問題ですよ、転生寸前の人間の魂を『時の女神の間《ま》』に連れてきたりして。創造神様に知られたら大目玉ですよ」

メルティは天使たちを睨む。

「すぐ『転生の光』のところに送り返すわ！　お父様に言いつけたら承知しないわよ!!」

俺は死んだ、そして転生するはずだった……と。そういうことか。

普通ならあの白い光――転生の光とやらに吸い込まれていたのだろうが、残念な女神のせいで、今ここにいるってわけだ。

見れば、メルティは俺に人差し指を向け、軽く振り始めていた。おそらく、白い光のあった場所に俺を送り返そうとしているのだろう。

「ちょ！　ちょ‼　待って！　待ってくれよ‼」

メルティは不機嫌そうな顔をする。

「何よ？」

そりゃそうだ、女神である自分の胸をあれだけ思いっきり揉んだ人間など、目の前からすぐに消してしまいたいに違いない。

だが、俺にだって言いたいことはある。

「あ、あのさ……、俺はあんたを助けたわけだろ？　方法は別としてさ」

『方法』という部分で顔を赤らめたメルティは、俺を睨みながらも渋々頷いた。

「そ、そうね。確かにお前がいなければ、どこかの世界に女神として降臨していたわ。それも悪くないけど、天上界を留守にしたら、戻った時にきっとお父様にお尻を何度もぶたれるもの。百二億三千三百四十九歳にもなって、それはちょっとね」

おい！　百二億って……ババアすぎて、もうよく分からん。

メルティの氷みたいに冷たい目が、俺を鋭く見つめている。

「今お前、ババアって言ったわよね？　私のこと……」

やばい、つい声に出してしまっていたようだ。

いくら残念でも、女神は女神だ。敵に回したら大変なことになるだろう。

俺はブンブンと横に顔を振る。

「違いますよ。胸がババアーンと大きくて、凄い美人で、やっぱりさすが女神様だなって言ったんです」

胸がでかくて美人であることには間違いないから、まったくの嘘を言っているわけではない。

……まあ冷静に見ると、衣装や性格が残念なアラサー美女なのだが。

「え？　凄い美人？　お、お前……私のこと好きなの？」

俺を見ながら、女神様は少し頬を染める。

あ、意外とこの人、ちょろいかもしれん。

天使の一人が、ふわふわと俺の傍《そば》に飛んできて耳元で囁《ささや》いた。

「やめてくださいよ。この人、ほんとに男に免疫《めんえき》ないんですから。それとも、貴方は永遠にこの『時の女神の間』で、メルティ様と暮らしたいんですか？」

俺は、目の前のアラサー美人を改めて見た。

確かに、顔やスタイルは抜群だ……しかし、それ以外の部分がやはり残念すぎる。

ここでずっと過ごすことを想像して、俺は身震いした。

「でも困るわ、お前は私の好みだとは言えないし。ほら、私は超イケメンでお父様より頭が良くて、身長百八十センチメートル以上あって……」

「あ、そうですよね。はは……はははは」

俺の乾いた笑い声を聞きながら、天使は肩を竦《すく》めた。

「だから百億歳を超えてもまだ貰《もら》い手がないんですよ。創造神より頭が良い男神なんて、いるわけないじゃないですか。ファザコンの上に面食い、おまけにあの性格ですから。仮にメルティ様の理想の相手が見つかったとしても……難しいですよね」

小声で話していたのに、その言葉を耳聡《みみざと》く聞いたメルティは、天使を睨みつける。

その怒りが爆発する前に、俺は慌てて上目遣いでメルティを見ながら話を戻す。

「あの、無理にねだるつもりじゃないですけど、お礼的な物はあったりしないんですか？　俺は一応、命の恩人なわけだし」

よく漫画や小説にあるじゃないか。転生する時に、神様からチート能力をゲットしたり、レアアイテムを貰ったりとか。

すると、メルティがポンと手を叩く。

「忘れてたわ、はい!!」

メルティはそう言って、俺の前に美しい手を差し出した。

……どういうことだ？

頭の中に、クエスチョンマークがいくつも湧いて出る。

「何してるの、早くしなさい！　光栄なことよ。一級神である、時の女神メルティの加護を人間が得るなんて」

戸惑う俺に、さっきの天使が助け舟を出してくれる。

「手の甲にキスですよ、人間さん。確かに一級神の加護なんて、普通は勇者になるような人間ぐらいしか持ってないですからね」

「あ、ああ。そうなんですか」

ちゃんと説明してくれ。天界あるあるなんて、俺には分からない。

とりあえず俺は、メルティの手の甲にキスをした。

手から、いい香りがしてドキドキする。性格はさておき、見た目は凄い美人だからな。

えっと……いつまでこうしていればいいんだ？

どうすればいいか分からずにそのままでいると、メルティは振り払うようにして手を引っ込めた。

「ちょ！　ちょっとやり過ぎよ！　いやらしい!!」

「あ……すみません」

メルティは、俺の顔を睨みながら言う。

「どう？　満足でしょ、これで」

俺は首を傾げた。何か変化があったのか？　何の実感もないが。

すると、さっきの天使が俺の傍に来て言う。

「オープンステータスって唱えてみてください。メルティ様の加護の一つである【鑑定眼】で、自分の能力を見ることができるはずです」

俺はそれを聞いて苦笑した。そんなゲームみたいなことがあるものか。

まあ、一応言ってはみるが。

「オープンステータス」

名前：エイジ
種族：人間
職業：設定なし
HP：10　　MP：7
力：7　　体力：6
魔力：5　　知恵：8
器用さ：5　　素早さ：6
幸運：7
スキル：なし
魔法：なし
特殊魔法：時魔術【時の瞳】【加速】
加護：時の女神メルティの加護【習得速度アップLV10】【言語理解】【鑑定眼】【職業設定】

称号：なし

……まじか。まるでゲームのステータス画面だ。

唖然《あぜん》としている俺に、天使が説明する。

「習得速度アップっていうのは、習得や成長の速度が上がるということです。ＬＶ10ですから、貴方は人の十倍速く、何でも身につけることができます」

チート能力来た！

これなら、次の世界で俺はどんな高校、いや大学にだって合格できるかもしれないぞ！

……まあ、転生後の世界に高校や大学なんてあるかどうかは分からないが。

それにしても、一番気になるのはこれだ。

「時魔術っていうのは？」

魔法には、やっぱり憧れがある。使ってみたいが、どんな効果か分からないままだと怖いからな。

「説明を聞くよりも、使ってみた方が理解できますよ。貴方がこれから行く世界なら、これがあるのとないのとでは生き残れる確率が全然違うと思いますから」

おいおい、物騒なことを言うなよ。俺がこれから行く世界ってどんなところなんだ？

俺の不安が表情に出ていたのか、メルティは肩を竦めて言った。

「一応説明しておいてあげる。お前がこれから転生する世界はエデーファ。前の世界と違って、魔法や精霊が存在する世界よ。もちろん、人間や魔物もね。お前には、その世界で役に立つ加護をまとめてつけてあげたわ。これで文句ないでしょ？」

まあ、確かにいきなり知らない世界に行くんだ。貰えるものは貰っておいた方が得だろう。まとめてって……意外と豪快な神様である。

「それって、俺が地球でやってたゲームとか映画みたいな世界？　呪文を唱えると魔法が使えるとか、精霊と契約すると力を得られるとか……」

俺が問うと、メルティの代わりに天使が答える。

「ああ、確かに近いですね。もしかすると、そのゲームや映画というものは、エデーファから地球に転生した人間たちが、無意識に残っている前世の記憶を元にして作られたのかもしれませんよ」

「え？　ああ、そうなんだ」

確かに妙にリアルな映画とか小説ってあるよな。まるで見てきたみたいにさ。

一人納得していると、天使はメルティの加護の説明を再開した。

「他のものも、一通り説明しますね。言語理解は、その名の通り、全ての言語を理解できる力です。鑑定眼は、自分や他人の能力、もちろん道具も鑑定できます。職業設定っていうのは、教会で神の祝福を受けなくても転職できるスキルですね。まあ当然ですよね、一級神の加護を受けてるんですから、転職するのに二級神であるエデーファの神の許可なんていらないって話です」

なんだか分からないけど、とにかく便利そうだな。

……あれ？　よく考えてみれば、転生したら俺の記憶はなくなるんじゃないのか。

せっかく女神の加護を貰ったとしても、何にも覚えてないんじゃ意味がない。

「あの、転生しても意識は俺のままでいられるとかってできますか？」

メルティは仕方なさそうに溜め息をついた。

「いいわ、特別に許しましょう。一応恩人だし、それぐらいは聞いてあげる。さあ、もういいでしょ。さっさとお行きなさい」

メルティが目の前で軽く指を振ると、俺の視界がパッと白くなり、次の瞬間には――

「うぉおおおおお！」

俺は叫んでいた。

先ほどメルティの胸を揉んだ場所に戻ったのだ。

光り輝く巨大な玉が、目の前にある。

「うぁあああああああああ!!」

光に呑まれる瞬間、俺は物凄い衝撃に襲われて気を失った。

2　目が覚めると

ゆっくりと、目を開ける。

日の光の眩《まぶ》しさから何度か瞬《まばた》きをして、ぼんやりした意識のまま身体を起こした。

俺がいるのは、小高い丘のような場所にある草原だ。ここから数百メートル先には森が見える。

まず感じたのは、吸い込んだ空気の美味さ。信じられないほど澄んでいる。

確か、俺は死んで、女神に加護を貰い、巨大な白い玉に呑み込まれて……転生した、のか？

少なくとも、ここは俺の知っている場所ではないようだ。

肺の中を新鮮な空気で満たし、試しに小さく呟いてみる。

「オープンステータス」

名前：エイジ
種族：人間
職業：設定なし
HP：10　　MP：7

力：7　　体力：6
魔力：5　知恵：8
器用さ：5　素早さ：6
幸運：7
スキル：なし
魔法：なし
特殊魔法：時魔術【時の瞳】【加速】
加護：時の女神メルティの加護【習得速度アップＬＶ１０】【言語理解】【鑑定眼】【職業設定】
称号：なし

自分のステータスを見て、ほっと胸を撫で下ろす。

時の女神の加護は、しっかりとついていた。どうやらあれは夢ではなかったようだ。

ＨＰって、生命力のことだよな。まさか、これがなくなると死ぬとか？　ははは……そんな、ゲームじゃあるまいしな。

そんなことを考えていると、突然、頭の中に説明文が流れた。

『ＨＰ：生命力。０は瀕死《ひんし》状態を表し、そのまま放置すれば死に至る』

おお！　便利だな、これも鑑定眼のスキルの能力か。

でも、ＨＰが０になると、やっぱり死ぬんだな。これは気をつけないとやばいぞ。転生してまたすぐ死ぬとか、カンベンだもんな。

同じように、ステータスの項目をいくつか調べてみる。

『ＭＰ：魔法力。これが０になると魔法の使用ができなくなる』

なるほどな。次は……力や知恵とかは分かるからいいか。あとは職業だな。

『職業：現在は設定なし。様々な行動で経験値を得ることにより、色々な職に就《つ》くことが可能。転職は、教会で神の祝福を受けた聖職者によって行われる』

今は言ってみれば無職みたいなもので、何かをしたら経験値がたまって転職できるんだな。

そう言えば、俺の場合は一級神の加護があるから好きに転職できるって、天使が言ってたっけ。

それを思い出して、急に不安に駆られた。

天使は、今俺がいる世界は結構物騒だとも言っていた。

メルティによれば、魔法や精霊、そして魔物まで存在する世界らしいからな。

自分のステータスを改めて見ると、どう考えても低い気がする。そして職すらない。

ついでに言えば、身につけているのはただのトレーナーとジーンズである。

……これってやばくね？　ロールプレイングゲームのＬＶ１で、装備もつけずに町の外をウロウロしているようなものだよな。

ゲームならやり直せばいい。だが、これは現実だ。ＨＰがなくなれば死ぬ。

俺は焦って、近くに町や集落がないか探した。

とにかく、人がいる場所に行かなければ危ない。ずっとここにいたら魔物に襲われるかもしれないし、まずは誰かにこの世界のことをもっと詳しく聞かなければ、命がいくつあっても足りないだろう。

草原の先にある森の方を見てじっと目を凝《こ》らすと、森の奥から煙が立ち上っていることに気づいた。さらには、木々の天辺《てっぺん》から突き出た塔の先端のようなものも見える。

きっと、あそこには人が住んでいるはずだ。結構広い範囲から煙が何本か上っているので、それなりに大きな町だと思う。

あの森を抜けることができたら、町には辿《たど》り着けそうだけれど……。

大抵のロールプレイングゲームは、平地よりも森の方がモンスターに出会う可能性が高い。

現実を考えても、薄暗くて木々で視界が遮られる森より、草原の方が安全そうだ。

空を見上げると、太陽が見えた。実際は、地球の近くにある太陽とは別物なのだろうが。

このまま夜になったら、危険度は今とは比べ物にならないだろう。

町に行くなら森を抜けるしかないし、日没までに辿り着けなければ、どんな危ない目に遭《あ》うか分からない。

この世界には魔物がいるらしいが、俺はそんな生き物に頭からバリバリと食われるのだけはごめんだ。

太陽は高い位置にあり、日が沈むまでにはまだ時間がありそうだ。

俺はもう一度周りを見渡し、せめて武器になるような物がないか探す。

そして、一本の小さな木が目に留まった。

あれなら使えるかもしれないな。

十メートルほど先にある木に近づき、手ごろな枝を折ろうとした。

……意外と硬いな。折れないぞ。

仕方なく手で折ることは諦《あきら》め、木の根元に転がっている石を拾う。平たい石は手のひらサイズで、刃物のように鋭い面がある。

俺はその石を掴《つか》み、先程折ろうとしていた木の枝に振り下ろした。

まるで、斧《おの》の刃のごとく、石を木の枝に何度も食い込ませる。

――バキッ!!

少し疲れが出てきた頃になって、ようやく枝が折れた。

そして俺の足元に、野球のバットほどの太さの枝がドサリと落ちる。

その瞬間、俺の頭の中に声が響いた。

『職業：木こりがLV1になりました。【斧装備】を習得しました』

おお！　そうか、別に魔物を倒さなくても経験値は入るんだな。

考えてみれば、世の中には戦闘職に限らず色々な職業があるのだ。その職業に合った行為で経験値が入るのは当然だろう。

とりあえず、職業を木こりに変えてみる。

「オープンステータス」

名前：エイジ
種族：人間
職業：木こりLV1
転職可能な職業：木こりLV1
HP：20　MP：7
力：15　体力：8
魔力：5　知恵：8
器用さ：12　素早さ：6
幸運：7
スキル：【斧装備】
魔法：なし
特殊魔法：時魔術【時の瞳】【加速】
加護：時の女神メルティの加護【習得速度アップLV10】【言語理解】【鑑定眼】【職業設定】

称号：なし

おおお！　ステータスが上がってる!!

やばい、これは結構楽しい。

ゲームとかじゃなくて、自分自身が成長してるってことだからな。

満足した俺は地面に落ちた木の枝の節《ふし》を、さっきの尖《とが》った石の先で落としていく。

この枝で木刀みたいなものを作り、それを持って森を抜けようと考えたのだ。

枝を綺麗にして全ての節を落とす頃には、俺の木こりのレベルは3になっていた。

やはり、メルティの加護の一つである習得速度アップＬＶ10が効いているのだろう。

一本の木刀ができ上がると、頭の中に声が響いた。

『職業：木工職人がＬＶ1になりました。【木工細工】を習得しました。女神メルティの加護、職業設定のスキルによりセカンドジョブを設定できます。設定しますか？』

セカンドジョブ？　なんだそれは。

とにかく設定してみるか。ええと、木工職人をセカンドジョブに選択して……。

名前：エイジ
種族：人間

職業：木こりＬＶ３
セカンドジョブ：木工職人ＬＶ１
転職可能な職業：木こりＬＶ３、木工職人ＬＶ１
ＨＰ：３０　　　　　　　　　ＭＰ：７
力：２１　　　　　　　　　　体力：１２
魔力：５　　　　　　　　　　知恵：１０
器用さ：１８（１６**＋２**）　素早さ：１０
幸運：９
スキル：【斧装備】【木工細工】
魔法：なし
特殊魔法：時魔術【時の瞳】【加速】
加護：時の女神メルティの加護【習得速度アップＬＶ１０】【言語理解】【鑑定眼】【職業設定】
称号：なし

ん？　ステータスが少し変だな。器用さの項目に、（１６＋２）という表示がある。
俺はそこに意識を集中して、鑑定眼のスキルを使った。
『ステータス補正値：セカンドジョブによるステータス補正値』

なるほどな。セカンドジョブに指定した木工職人ＬＶ１の方が、メイン職の木こりＬＶ３より器用さが高いから、そこが補正されて上がってるのか。

俺は結構、この世界にはまってきた。

魔物を倒すだけじゃなく、何かをすることで経験値が入り、自分のできることが広がる世界。

まさに無限の可能性がある。

日本で流行《はや》っていたＭＭＯゲームはいくつかやったことがあるが、戦闘職と生産職のバランスが取れているものがやっぱり面白かった。それらのゲームに、この世界は似ている気がする。

そんなことを考えながら、でき上がった木刀を握りしめ、試しに振ってみることにした。

テレビで見た時代劇みたいに、袈裟掛けにブンッと振り下ろす。

素振《すぶ》りだが、これで剣士にでも転職できれば儲《もう》けものだ。

俺は続けて何度も木刀の素振りをした。

そうして、百回は振っただろう。俺の習得速度は十倍だから、普通の人間で言えば千回も素振りしたことになるわけだ。

だが、まだ何の職業もスキルも獲得できていない。

うーん……剣ではなく木の棒だから駄目なのか、それともやっぱり何かを倒さないといけないのか。

木こりも木工職人も、木の枝を切り落としたり、枝を実際に加工したりして、それなりの成果があって初めてその職業を獲得している。

それを考えると、やはり戦闘職になるためには、実際に戦って相手を倒さないと駄目なのかもしれない。

空を見上げると、先ほどより少し日が傾いている。

俺は目の前に広がる森を見つめた。

もう進むしかないな。夜になる前にここを抜けないと。

3　森の中で

森に入り、迷わないように、一定間隔で通り道の木に石で印を刻んで進む。

気休めかもしれないが、何もやらないよりはましだろう。

次第に鬱蒼《うっそう》としてきて、俺の不安を駆り立てる。

くそ……何も出てくるなよ。

何しろここは日本じゃない。いや、地球ですらないからな。どんな生き物がいるのか、想像がつかない。

周りの気配に注意しながら、慎重に森の中を進んでいく。

まだ日没まで時間があるし、草原から見えた煙や塔の先端までの距離を考えると、町はそこまで遠くない。

だから、そんなに急いで進む必要はないのだが……自然と歩みが速くなっていくのが自分でも分かった。

まるで、熊や虎がいる森の中を歩いている気分だ。

幸い、今のところ化け物には出会っていないが、木刀はいつでも使えるようにしっかりと握っておく。


……ん？　今のは！

一時間ほど歩いただろうか。俺は前方に人影を見た気がして、その後を追った。

もしかしてあの町の人間か!?　助かった!!

相手の動きは、いかにも森を歩き慣れているといった様子だ。

ガサッガサガサ！

俺は、その人影が消えた茂みを掻《か》き分けていく。

すると、森の中で佇《たたず》む人の後ろ姿が見えた。

弓と矢筒を背負っている。猟師か何かだろうか？

俺は安堵の息を吐き、声をかける。

「すみません、ちょっといいですか？」

言葉が通じるだろうかと緊張して、少し声が上《うわ》ずる。何しろ、この世界に来て初めて会う人間だ。

すると――

「ギグゥウ⁉」

人影は唸《うな》り声を上げて、こちらを振り返った。

俺はその顔を見て、目を見開いたままその場に凍りつく。

なんだこいつ……人間じゃないぞ‼

尖った鼻と耳。不揃いなギザギザの歯が生えた口。

少し背中を丸めた姿勢のまま、充血した目で俺をじっと睨みつけている。

どう見ても人間じゃない。まるで、ゲームに出てくるモンスターだ。

――やばい‼

本能的に、危険を察知した。

こいつは明らかに敵意を持っている。

恐怖と動揺から身体を動かせずにいると、その化け物は背負っていた弓を構え、獲物を狙うかのごとく俺に向けて矢を放った。

まずいぞこれ！　死ぬ‼

背中に冷たい汗が噴き出す。

だが、銀色の光は容赦なく目の前に迫ってくる。

俺が死を予感した、その瞬間——

なんだ⁉

なぜか、自分に迫ってくる矢がはっきりと見えた。

先端にある尖った石の矢じり、その石の模様まで、しっかりと捉えられたくらいだ。

人並み外れて動体視力が高い奴でも、普通はそんなことなどできないだろう。

辛《かろ》うじて首をひねった俺の頬を、矢が掠《かす》めて通り過ぎていく。

『時魔術【時の瞳】を使用。利用可能時間一分。警告‼　一度使用すると、次に使えるのは一日後です』

俺の頭の中にそんな声が響いた直後、背筋に冷や汗が流れた。

そうか、時魔術！　天使が言ってたやつだ。

ヤバかったな、これがなかったら今、確実に死んでた。

確かに便利だが、警告通りなら一度使ったら明日までは使えない。しかも、効果は一分間しかないという。

つまり一分以内に逃げるか、あいつを倒す以外、俺が生き延びる方法はない。

心臓が早鐘を打つ。

俺は木刀を握りしめ、そいつに向かって走った。

――やるしかねえ!!

逃げるっていう選択肢はない。

背中を向けたら殺される。

その証拠に、そいつはもう次の矢を番《つが》えていた。一連の動作はスムーズで、熟練の狩人なのだと見て取れる。

俺は矢の狙いを外すように回り込みながら、そいつとの距離を詰める。

『時魔術【加速】を使用。利用可能時間一分。警告!! 一度使用すると、次に使えるのは一日後です』

加速?

ふと身体を見てみると、自分が黄金に輝いていることに気がついた。

こいつも、あの天使が言っていた時魔術ってやつらしい。

そういえば、ステータスにも書いてあったよな。鑑定眼でしっかりチェックしておけばよかった。

どうやら、この時魔術というやつは、俺が危機を感じた時に自動的に発動するようだ。

身体がまるで羽根みたいに軽い。

前方で弓を構えている化け物は、俺の姿を追いきれずに矢を番えたままだ。

くそ! 迷っている暇はない!!

これも使えるのは、一分間だけらしいからな。

加速が発動しているうちに倒さないと、今度こそ手詰まりだろう。

こんなところで、殺されるのはごめんだ！

そいつとの距離が三メートルほどになり――

俺は、一気にその懐《ふところ》に飛び込んだ！

相手も同時に矢を放つ。

「うぉおおおお‼」

矢が首筋を掠める。やはり、俺の速さについてこられなかったのだろう。

俺は木刀を振りかぶり、そいつ目がけて思い切り叩きつけた。

「ギゥグウウウ‼」

嫌な感触が両手に伝わってきて、化け物が地面に倒れる。

「はぁ……はぁ……」

俺は荒い息を吐きながら、その場に立ち尽くしていた。

地面に倒れた相手は、ピクリとも動かない。

倒したか……。

全ては、ほんの僅《わず》かな間の出来事だったが、生まれて初めて体験する感覚に俺の手は震えていた。

だが、こいつを倒さなければ、確実に俺が殺されていたに違いない。

頭の中で声が響く。

『敵：エリートゴブリンアーチャーを倒しました』

『職業：初級剣士がＬＶ５になりました。【剣装備】を覚えました。【踏み込み】を覚えました。【袈裟斬り】を覚えました』

エリートゴブリンアーチャー、それがこのモンスターの名前のようだ。

確かに、ゲームやファンタジー映画に出てくるゴブリンによく似ている。

初級剣士の職業を獲得して、一気にレベルが５になったのか。つまり、今の俺にとって、こいつは相当やばい相手だったんだろうな。

実際、判断や行動を少し間違えれば殺されていた。

俺は、地面に倒れているモンスターを呆然と見つめる。

初めての魔物、初めての戦闘、そして、初めて何かを殺したということ――

思うところは色々とあるが、いつまでも立ち尽くしているわけにはいかない。またいつ敵に出くわすかも分からないからな。

そうだ！　まずは職業を……。

俺はオープンステータスと念じた後、職業を初級剣士に変える。

名前：エイジ
種族：人間

職業：初級剣士ＬＶ５
セカンドジョブ：木こりＬＶ３
転職可能な職業：初級剣士ＬＶ５、木こりＬＶ３、木工職人ＬＶ１
ＨＰ：７０　　ＭＰ：１０
力：２８　　体力：２４
魔力：７　　知恵：１２
器用さ：１８　　素早さ：２１
幸運：１１
スキル：【斧装備】【剣装備】【踏み込み】【袈裟斬り】
魔法：なし
特殊魔法：時魔術【時の瞳】【加速】
加護：時の女神メルティの加護【習得速度アップＬＶ１０】【言語理解】【鑑定眼】【職業設定】
称号：なし

凄え……。初級っていっても、やっぱり剣士だ。今までよりも段違いに強くなってる。
木こりや木工職人のレベルがそのままなのは、戦闘用の職業じゃないからだろう。
生産職は生産で、戦闘職は戦闘でレベルが上がるのかもしれない。

木工細工のスキルが消えているのは、木工職人の職業を外したからかな。

もしかして、木刀じゃなくて斧で倒せば、また違う職業を覚えたのだろうか？

剣装備っていうスキルを得たのだから、こんな木刀じゃなくてまともな剣も使いこなせるのだろう。

町に行けば、武器屋で剣を買えるのか？

……そうだ、町に行くのはいいが、俺はこの世界の金なんて持ってないぞ。

ゲームのように、敵を倒したら金が手に入れば問題はないんだけどな。

どうしたものかと考えつつ、俺は地面に倒れたゴブリンアーチャーを見る。

……あ、これで何とかなるかもしれない。

思いついた俺はその場にしゃがみ、ゴブリンアーチャーの弓と矢を拾い上げた。

こいつがどこで手に入れたものかは分からないが、結構立派な弓である。これを売れば金になるかもしれない。

まるで追いはぎのようで気が引けたが、こいつだって俺を殺すつもりだったんだ。今さら遠慮してもしょうがない。

試しに一本矢を放ってみると、矢は明後日の方向に飛んでいった。

まあ、弓装備のスキルもないのに、上手く使いこなせるわけがないか。弓の素引きとか、近くに来た獲物を仕留める練習とかが必要だろう。

だが、今はそんなことをしている余裕はない。

『時魔術【時の瞳】の効果が切れました』

『時魔術【加速】の効果が切れました』

時魔術の効果が切れた。これで一日経たないと、さっきのチート能力を使えないというわけだ。

初級剣士ＬＶ５になってステータスは上がっているが、また今みたいな奴に出くわしたら勝てるかどうかなんて分からない。呑気《のんき》に自分の力を試そうとして死ぬのはごめんだ。

予定通り、早く森を抜けよう！

俺は、急いで町に向かって歩き始める。

幸い、そこから三十分ほど歩くと、薄暗かった森が次第に明るくなっていった。

俺はようやく森を抜けたのだと思い、ほっと胸を撫《な》で下ろした。

4　迷宮の町フェロルク

「やった！　町が見えたぞ！」

俺は思わずそう叫んで走り出してしまった。

森から一キロメートルほど先には高い壁が見え、大きく土地を囲んでいる。

おそらく俺が目指している町はその中にあるのだろう。魔物がいる世界だから、壁がないとさすがに不用心だよな。

その壁を目指して走り続けると、町から延びる道が見えてきた。

石畳《いしだたみ》で綺麗に舗装《ほそう》されているその道を通り、壁に向かっていく。

壁には人や馬車が通るための入り口があり、実際に人々が往来しているのが見えた。

近づくと、思っていたよりも相当大きな町であることが分かった。

見上げるほど高い壁は、中世のヨーロッパに築かれた城壁みたいな雰囲気だ。

町というよりは、城壁に囲まれた都市といったところか。

「立派な町だな、これは」

入り口には数人の兵士がいる。中に入るには、彼らの許可がいるらしい。

相手が兵士となると少し緊張するが、命がけでここまで来たんだからな。ここで、怖気《おじけ》づいていても仕方がない。

そう思っていたら、兵士の一人が俺に気がついて近づいてきた。

ゴツイ体つきと顔で、手には長い槍を持っている。

やばい……。早速目をつけられた。

「何だお前は？　変わった格好をしているな」

「え、ええ……」

やはり、不審がられている。

そりゃそうか、トレーナーにジーンズだもんな。周りからは、かなり浮いているに違いない。

だが、言葉は通じるようで安心した。メルティの加護の一つ、言語理解のお蔭《かげ》だろう。

「ええ、少し遠いところからやって来たので」

まさか異世界から来たなんて、とても言えない。

兵士は俺にさらに近づいて、上から下までじろじろと見つめる。

やがて目つきを鋭くすると、デカい手で俺の肩を掴んだ。

くそ……。まずいよな、これ。

かといって、今逃げたら完全にアウトだろう。即逮捕、間違いなしである。

俺が少しだけ後ずさりすると——女性の声が聞こえてきた。

「やめな、ロートン。ガキ相手に、ビビらせてどうするんだよ」

さっきまで堂々としていた兵士が、その声を聞いて途端《とたん》に小さくなって叫んだ。

「ジ、ジーナ隊長！」

俺が女性の声がした方に目をやると、白い革の防具を身につけたブロンドの髪の女がこちらに歩いてきていた。

うわ……、綺麗な人だな。

腰には、サーベルのような美しい刀を提《さ》げている。

二十歳ぐらいだろうか、切れ長の目と端整な顔立ちが印象的だ。すらりとした長身で、モデルみたいに手足が長い。

その人は目の前で足を止めると、俺が手にした木刀を見て笑った。

「坊や、そんなモノで旅をしてきたのかい？　顔に似合わず、意外と度胸があるじゃないか」

そして、俺が背負っている弓に目を向ける。

「エリート級のゴブリンが使う弓だね、やるもんだ。ロートン、あんたがやりあったら、この坊やに負けるかもしれないよ」

「た、隊長！　俺がこんなガキに負けるはずがありません！」

ロートンの言葉に、ジーナさんは笑う。

「この坊やは、森の方からやって来た。あんた、弓を持ったエリート級のゴブリンの矢を森の中でかわせるかい？」

「そ、それは……」

この人、俺が森から出てくるのを見てたのか？　森までは、それなりに距離があるが……。

そんな俺の考えを察したのか、美しい女剣士は言った。

「町と周辺の警備が私の仕事でね。私はこの迷宮の町フェロルクの警備隊長、ジーナ・フォールエン。坊や、あんたの名前を聞かせてもらおうか？」

ジーナさんに問われ、俺は答えた。

「あ……あの俺、エイジって言います。エイジ・ユキカワです」

ファーストネームから言うと、俺の名前も意外と格好いいな。

そんな下らないことを考えていたら、ジーナさんは俺の瞳を真っすぐに見て笑みを浮かべた。

「悪い奴じゃなさそうだ。おおかた冒険者にでもなりたくて、家を飛び出してきたってところだろう。……通しておやり、ロートン」

「隊長！　俺は反対ですぜ、このガキ、見るからに怪しいじゃねえですか!!」

ロートンがそう言って、手にした槍を俺に向けて構えた、その瞬間——

周囲に風が舞うのを感じた。

ブロンドの髪が風に靡《なび》いて目の前に広がったかと思うと、ロートンが真っ青になって立ち尽くしている。

その鼻先には、いつの間にか抜かれたジーナさんのサーベルが突きつけられていた。

何だ今の!!　速ええ……。いつ剣を抜いたのか、全く分からなかった。

「私はね、同じことを二度言うのが嫌いなんだ。知ってるはずだろ？　ロートン」

「は、はい！　ジーナ隊長！　申し訳ありません!!」

美人だけど、おっかねえな……。あの残念な女神とは別の意味で、怒らせたら駄目な女性だ。

俺とロートンのいざこざで、周囲に集まっていた野次馬《やじうま》たちから声が上がる。

「見たかよ、あれが『疾風《しっぷう》のジーナ』だ。この町でも数少ない、最高位の上級剣士だぜ」

「ああ、全く動きが見えなかった。この間の森でのゴブリン掃討作戦でも、十数体のエリート級を一人でやっちまったらしいからな」

うそ……だろ。俺が倒したあの化け物を、一人で十数体って！

俺が唖然としてジーナさんを見ていると、ブロンドの美人剣士は笑った。

「どうやら、討伐しそこねたエリート級を始末してくれたようだからね。私はね、借りを作るのが嫌いなんだ。エリク、ロートンに代わって手続きをしてやりな」

そう言うとジーナさんは、髪を靡《なび》かせて俺の前から立ち去った。

凄え。格好いいな、あの人……。

ジーナさんの後ろ姿を眺めていると、気さくそうな若い兵士が俺に声をかける。

年齢は俺より二、三歳上だろうか、栗毛色の髪の青年兵士だ。

「はは、ジーナ隊長があぁ言うんだ。通さないわけにはいかないね。僕はエリク。君は、エイジだったかな？」

「はい、エリクさん。よろしくお願いします」

ロートンはまだ俺を睨んでいるが、ジーナさんが怖いのだろう、ブツブツ言いながら壁を蹴っている。

「中に入ったら、必ずフェロルクの冒険者ギルドに登録してくれ。その後、宿が決まったら報告するように。連絡が取れなくなるのは困るからな。それと、厄介ごとは起こすなよ。君を通したジーナ隊長の責任になるんだ」

「は……はは。あんな凄い剣技を見せられて、変なことはしませんよ。俺だって、まだ死にたくないですから」

俺の言葉に、エリクさんは「そりゃそうだ」と言って笑った。

それにしても、分からないことだらけだ。

迷宮の町って、どういう意味なんだ？

質問しようとすると、エリクさんは俺のトレーナーとジーンズを眺めながら言った。

「確かに珍しい格好だけど、ここフェロルクには大迷宮があるからね。一攫千金《いっかくせんきん》を狙って、遠方から来る冒険者も多い。お蔭で町も潤《うるお》っている。君も冒険者になりたくて、ここに来たんだろう？」

大迷宮？　一攫千金か……。

聞く限り、大迷宮というのは、でっかいダンジョンみたいな場所だろうか。

エリクさんの少し哀れむみたいな視線は、俺が手にした木刀に向いている。

ああ、確かにこんなものを持っていたら、冒険者志望と思われるよな。

まともな冒険者なら本物の剣ぐらい持っているだろうが、俺は木刀……。

傍《はた》から見れば、俺は冒険者に憧れる厨二病《ちゅうにびょう》患者のように映るだろう。

異世界に来て、そんな目で見られるとは思わなかった。いや、異世界に『厨二病』という概念はないだろうが。

「え、ええ……まあ、そんな感じです」

ここは話を合わせた方がいい。せっかく通してもらえることになったんだから、下手なことは言うべきじゃない。

他にも知りたいことは沢山《たくさん》あるが、さっきからロートンがこちらを睨んでいる。おかしなことを口走れば、ケチをつけられるかもしれない。

ここまで来て、壁の外で野宿は勘弁だ。

まずは冒険者ギルドで登録、か。そうしたら、冒険者になれるんだよな？

何をするにも金はいる。

冒険者になって金を稼げば、何とかこの世界でやっていけるかもしれない。仕事をしながら剣士としてのレベルも上げられるし。

第一目標は、何とかこの世界で生きていくことだからな。

迷宮でいきなり一攫千金とまではいかなくても、金を稼げるのならやってみる価値はある。

それに『冒険者』って響きは、やっぱり男心をくすぐられる。迷宮を探索するとか、まるでゲームの中のようだ。

とにかく、もっと冒険者について知りたい。詳しい情報を得るなら、ギルドで尋ねた方が賢いだろう。

「あの、早速冒険者ギルドで登録をしたいんですけど、どこにあるんですか？」

町の入り口にある受付台まで一緒に戻ったエリクさんは、紙を取り出しながら答えてくれる。

「この門をくぐって、大通りを真っすぐ行ったところにある。見れば分かるはずだよ」

「分かりました」

俺が頭を下げると、エリクさんは頷いて、受付台で一枚の紙に羽ペンを走らせる。

そして、その紙を小さな筒に入れて、俺に渡した。

「これは通行許可証だ。ジーナ隊長の印と僕のサインが入っている。冒険者ギルドでこれを見せれば、すぐに手続きをしてもらえるはずだ」

「ありがとうございます。落ち着き先が決まったら、またここに来て報告すればいいですか？」

「ああ、僕かジーナ隊長に知らせてくれ」

「ありがとうございます、エリクさん。じゃあその時にまた」

お辞儀をして、町の中へ足を向ける。

ロートンは相変わらず俺を睨んでいたが、構わず横を通り過ぎた。

ジーナさんか……また会えるかな。

俺は美しいブロンドの女剣士の後ろ姿を思い出しながら、迷宮の町フェロルクの門をくぐった。

5　冒険者ギルド

エリクさんに言われた通り、入り口から大通りを真っすぐに進む。

さすがに迷宮の町と呼ばれるだけあって、住人たちに交じって冒険者らしき人が通りを歩いていた。

大通りの正面に白い塔が見え、左右の通り沿いには、冒険者相手に商売をする武器や道具の店が軒《のき》を連ねている。宿屋や酒場も、あちこちに建っていた。なんとも活気がある町だ。

その中に、一際《ひときわ》大きな建物が見える。二階建てのレンガ造りのその場所に掲げられた看板には、こう書かれていた。

『トラスフィナ王国領フェロルク　冒険者ギルド』

どうやらこの国は、トラスフィナ王国というらしい。

俺は少し緊張して、冒険者ギルドの扉を開けた。

入ってすぐのところは、広いホールのようになっている。

右手側には、おそらく依頼が書かれているのであろう掲示板と、受付カウンター。奥には冒険者たちが寛《くつろ》ぐテーブルや椅子があり、左手側には小さな酒場まで併設されている。

「へえ、凄いな」

活気に溢れたその光景に、俺は思わず声を漏らした。

多くの冒険者たちが、掲示板の前で依頼を確認したり、パーティごとにテーブルについて相談をしたりしている。

鎧を着て腰に剣を提げた剣士、大きな斧を持った戦士風の男、そしてローブを着た魔道士風の人もいる。

いかにも、冒険者ギルドって感じだ。

大迷宮の探索のために冒険者が集まってるって、エリクさんも言ってたからな。

やはり遠方から来ている人間も多いらしく、風変わりな服装をしている人もちらほらいる。そのお蔭《かげ》か、トレーナーとジーンズ姿の俺を横目で見る者もいたが、さほど気にしている様子はなかった。

多くの冒険者は、掲示板に貼られた紙を熱心に見ている。

どんな依頼があるのかと気になり、近くに貼られている物を眺めてみた。

何か、俺にもできる依頼があるかもしれない。

目に入ったのは、迷宮の情報提供やパーティ募集、救助依頼の類《たぐい》だった。

例えば、こんな感じ。

◆迷宮の地下二十階東付近で消息を絶ったパーティの救出◆
募集員：中級剣士ＬＶ20以上を一名、中級魔道士ＬＶ18以上を一名（可能であればＬＶ20）。
当方：中級剣士ＬＶ21、中級治療魔道士ＬＶ18。
報酬：緊急事態により、一人あたり金貨三枚。定員になり次第、締め切り。

金貨三枚か。どれくらいの価値があるんだろうな。

ついつい内容よりも金に目がいってしまうのは、文無しの悲しいサガだろう。

しかし、条件の項目を見る限り、迷宮の地下二十階にもぐるためには、最低でも中級剣士ＬＶ20程度の実力が必要だということか。

初級剣士ＬＶ５の俺には、とても無理だ。

仕方なく、今の自分ができる仕事の依頼を探すことにした。

他の掲示板に移動して、手ごろなものがないか探してみる。ここは、低い階層での依頼が集まっている掲示板のようだ。

◆迷宮地下一階で一緒にレベル上げをしませんか？◆
募集員：初級剣士ＬＶ５以上を一名。ただし、乱暴な方はお断りです!!
当方：初級魔道士ＬＶ６、初級治療魔道士ＬＶ５。

報酬：一週間で銀貨一枚。

一緒にレベル上げか。こんな依頼もあるんだな。

地下一階なら、何かあったとしてもすぐに出られる。

条件はぴったり当てはまるが、『乱暴な方はお断り』っていうのは何なんだ？

まあ、実際に会ってみれば分かるか。

俺でもできそうな仕事を見つけられて、とりあえずホッと息をつく。

他にも探せばあるかもしれないけど、その前に冒険者ギルドに登録をしないとな。

ギルド職員が座っているカウンターに足を向け、一番近い窓口に座る女性を見て、俺は驚いた。

そこに座っているお姉さんは、ジーナさんとは違うタイプの美人だ。

いかにも優しそうなお姉さん。年齢は二十歳よりやや下だろうか？

桃色の髪にぱっちりとした瞳、そして頭には耳がついているのだが……。

これって、本物……だよな？

いや、耳があるのは別におかしくない。しかし、それがウサ耳となると話は別だ。

ウサギのようなピンと伸びた長い耳が、頭の上に二つある。

最初はコスプレなのか？　と思ったが、近づいてくる俺を見てピコピコと耳が可愛らしく動いたので、本物だと確信した。

俺、本当に異世界に来たんだな。

改めてそう実感しつつ、俺はそのお姉さんが座っている受付窓口の前に立つ。

「あ……えっと。俺、エイジって言います」

ピコピコ動いている耳に気を取られて、用件を言う前に自己紹介してしまった。

いきなり名前だけ告げられて、ウサ耳のお姉さんは少し驚いたようにこちらを見る。

そしてクスクスと笑いながら、俺に名乗り返してくれた。

「はい、エイジさんですね？　私はエミリアといいます。どういった御用でしょうか？」

お姉さんが小首を傾げると、ウサ耳も当然ながら同じ方向に揺れる。

その反則的に可愛い仕草に、俺は思わず見惚《みと》れてしまった。

だが、咳払いをして気を取り直すと、エリクさんに書いてもらった通行許可証をエミリアさんに差し出す。

「あの、この町の冒険者ギルドに登録したいんです。これを見せれば、手続きをしてもらえるって聞いたので」

エミリアさんは通行許可証を受け取ると、一通り目を通して言った。

「確かに本物ですね。それでは、早速フェロルクの冒険者ギルドに登録しますが、よろしいですか？」

「あ、はい！　お願いします」

良かった。ジーナさんとエリクさんのお蔭で、順調に手続きが進められそうだ。

それにしても、つい窓口のお姉さんの頭の上に目が行ってしまう。

そんな俺に気がついたのだろう、エミリアさんはクスクスと笑う。

「この国に獣人族は少ないですからね。それに獣人族の中でも、私のようなラビリト族は珍しいですし。エイジさんはラビリト族を見るのは初めてですか？」

当然のことながら、日本人の俺は獣人族さえ見るのが初めてだ。

エミリアさんみたいなウサ耳の人たちは、ラビリト族っていうのか。

……実際に目にすると、漫画とかアニメで見るのとは比べ物にならない破壊力だな、これって。

話すたびに、ピコピコと動くエミリアさんの耳が本当に可愛らしい。西洋人のような白い肌と顔立ちが、ファンタジー映画に出てくる登場人物を思わせる。

しばらく見惚れていたのだが、ふと気づいてエミリアさんに頭を下げた。

いきなり女性の耳を凝視するなんて、マナー違反もいいところだよな。

「……すみません、じろじろ見たりして。俺、そんな耳を見るのは初めてで、何て言うか、その……とても可愛いですね」

俺の言葉を聞いて、エミリアさんはまたクスクスと笑った。

「ふふ、初対面で年下の男性に『とても可愛い』なんて言われたのは初めてです。大胆ですね、エイジさんは」

「え？　ち！　違いますよ！　そういう意味じゃなくて、その耳がとても可愛いなって！」

ムキになってそう答える俺を見て、エミリアさんは書類を用意しながら笑いを堪《こら》えている。

「あら、残念です。私のことを気に入ってくれたんだと思ったのに」

「え？　それはもちろん……お姉さんは素敵ですけど。いやだから、そういう意味じゃなくて！」

エミリアさんは、また笑いながら俺を見る。すっかり、からかわれているようだ。

何しろ俺には恋愛経験なんてないから、こんなに綺麗な女性の前だと少し上がってしまう。

何事も経験がないと、どうにもならないものだ。

大体、年上のウサ耳美人なんて元の世界にはいなかったもんな。

俺がそんなことを考えていると、エミリアさんが微笑んだ。

「エミリアと呼んでくれていいですよ、エイジさん」

「はい。ありがとうございます、エミリアさん！」

良かった。変な態度をとってしまったけれど、どうやら嫌われてはいないようだ。

これからも窓口のお姉さんには、お世話になるだろうからな。

エミリアさんは、準備をした書類を俺に見せて言った。

「それではエイジさん。この書類にご記入をお願いします」

「はい、分かりました」

俺はエミリアさんに言われた通り、書類に必要事項を書き込んでいく。

名前や、冒険者としての経験、もしくは剣士や魔道士としての経験の有無などだ。

当然、冒険者として役に立ちそうな自分の職業や、そのレベルを記載する欄もある。

一通り書き終えると、それをエミリアさんに渡した。

エミリアさんは、申請書に目を通しながら確認していく。

「名前はエイジ・ユキカワさん。初級剣士のＬＶ５ですね。冒険者ギルドの利用は初めてで、このフェロルクの迷宮に入るのも初めて。こちらで間違いないですか？」

「はい、間違いありません」

エミリアさんは頷くと、小さな青い金属製のプレートが付いたネックレスを取り出した。

「これは？」

「このネックレスは冒険者の証です。フェロルクの冒険者の方は、皆さん持っているんですよ」

「へえ、そうなんですね！」

青く光るそのプレートは綺麗で、何やら文字が刻印されている。

格好いいな。やっぱり、こういう物には男心をくすぐられる。

俺がそのネックレスをじっくり見ていると、エミリアさんが詳しい説明をしてくれた。

「冒険者にはランクがあります。最上位がSランク、その後はA、B、C、D、Eランクと下がっていきます。最初はEランクからのスタートになりまして、この青いプレートの付いたネックレスはEランクの冒険者の証なんです」

「ランクによって色が違うんですか？」

俺の問いに、エミリアさんは頷く。

「ええ、そうです。最高位のSランクがプラチナ、Aランクがゴールド、Bランクがシルバー、Cランクが褐色《かっしょく》、Dランクが白、Eランクが青色のプレートになっています」

Sランクとか、凄そうだよな……。

思わずギルドのホールを見渡すと、エミリアさんが言う。

「冒険者の方々がこのギルドに来られた時も、お互いにランクが分かれば便利ですよね」

エミリアさんの言葉に納得した。

ギルドの中を見ると、確かにパーティと思われる集団の胸元には、大抵同じ色のプレートが輝いている。

なるほど。仲間を探すのにもプレートがあれば楽だし、毎回、いちいち掲示板で募集する必要もないだろう。

俺がカウンターに向き直ると、エミリアさんは説明を続ける。

「こなした依頼の内容や、その方の職業のレベルによってランクは徐々に上がっていきます。エイジさんの場合はまず、迷宮の上層でレベルを上げながら素材集めをするのがいいでしょう。無理は禁物ですよ、命は一つしかありませんから」

エミリアさんの言う通りだ。無理をして死んだら元も子もない。

それに、メルティの加護がある分、レベル上げは有利のはずだし。何しろ、十倍の速さで経験を積むことができるからな。

エミリアさんは、他にも様々なことを教えてくれた。

魔物の一部や迷宮に自生する植物は、様々な加工品の素材として重宝されているので、可能な限り手に入れるべきとのこと。

「エミリアさん、色々と説明してくれてありがとうございます」

エミリアさんはニッコリと笑った後、急に真面目な顔になって言った。

「そうそう、大事なことを言い忘れていました。迷宮で手に入れた物は素材も含めて、必ずこの窓口に納めてくださいね。冒険者ギルドを通さずに誰かに販売することは許されていません。ギルドで買い取りをした後、納めてくださった素材などの価値の半額を冒険者の方々にお渡しします」

「えっと……。つまり、稼ぎの半分はギルドに納めるってことですか？」

俺の言葉にエミリアさんは頷いた。

「ええ、その通りです。そこからギルドの運営費を賄《まかな》っていますから。それに、冒険者の方々がこの町や国に納める税金も、ギルドが代理で支払いをしているんですよ」

税金なんて言われると、俺としては突然ファンタジーから現実に引き戻された感じがするが、町や国があるのだから当然と言えば当然なのかもしれない。

いずれにしても、稼いだ額の半分は好きに使えるわけだ。

「分かりました。迷宮の物を売る時は、必ずギルドを通すようにします」

それを聞いて、エミリアさんがまたクスクスと笑う。

「やっぱり、エイジさんは変わってますね。これを聞くと、ほとんどの方は『半分も取られるのか』って、嫌な顔をされるんですよ？」

「はは……でしょうね」

そりゃそうだろうな、誰だって少しでも儲《もう》けが欲しいのは当たり前だ。

エミリアさんには俺が欲のない人間のように見えるらしいが、実際はこの世界の常識がなく、初めてのことばかりで現状を受け入れるのに精一杯というだけだ。

そして、エミリアさんは微笑みから再び真剣な表情になって忠告する。

「迷宮で手に入れた物を勝手に売りさばくこともそうですけど、許可を得ずに自分の物にしたり、この町から持ち出したりするのも禁止です。もしそれが発覚したら、冒険者資格の剥奪《はくだつ》だけでなく、警備隊に捕らえられて重い罪に問われますから」

冒険者資格の剥奪……重い罪。

迷宮で手に入れた物を持ち出して、遠方で闇取引や密売する輩《やから》がいるってことだろう。

警備隊って……ああ、ジーナさんたちのことか。

俺はエミリアさんに頷いた。

「安心してください。俺、さっきこの町を守る警備隊長のジーナさんの剣技を見ましたから。あんな人がいるのに、馬鹿なことしませんよ」

あの人を怒らせたら、魔物なんかよりも遥かに恐ろしい目に遭うだろう。

「確かにそうですね。ジーナ隊長を敵に回したら命の保証はないですもの」

「は……ははは。ですよね」

そんな真顔で言われたら怖いよ、エミリアさん……。

冗談で言ったつもりが、そうならなかったらしい。

エミリアさんはまた笑顔に戻ると、ウサ耳を可愛らしくピコンと立てて俺を見る。

「そういえば、エイジさんにピッタリの依頼があるんです。よろしければ、やってみませんか？」

そう言われて、俺は大きく頷いた。エミリアさんが紹介してくれる仕事なら、安心できそうだもんな。

「実は、浅い階層で一緒にレベル上げをしたいっていうパーティがいまして。初級剣士ＬＶ５程度で、よさそうな人がいたら紹介して欲しいって頼まれているんですよ」

それって……。

「もしかして、あの掲示板に貼られている依頼ですか？　さっき少し見ていたんですよ」

「そうです、そうです！　いくらレベルが高くても、乱暴な方は嫌みたいなんです。ほら、エイジさんって、何だか冒険者らしくないでしょう？　丁度いいかなと思って」

……それは褒《ほ》められているんだろうか。

確かに周囲にいる冒険者の多くは、ギラギラした目をしている。俺とは全く違う雰囲気なのは分かるが、微妙な気持ちになるな。

そんな俺の心情など知る由《よし》もなく、エミリアさんは続ける。

「依頼料は少ないですけど、魔物を倒して手に入れた素材を売れば、その分のお金も手に入りますし」

そうだよな。最初に目に留まった依頼だし、条件は悪くない。むしろ今の俺にはぴったりだ。

それに、せっかくエミリアさんが紹介してくれたんだ。

「分かりました、エミリアさん。やらせてください！」

「ありがとうございます、エイジさん！　それでは、お仕事の話に入る前に、ギルドからの支給品をお渡ししますね」

エミリアさんはニッコリと笑って頷くと、小さな手帳のような物を取り出して俺に渡す。

「これは？」

俺は手帳を開きながら尋ねる。

日本で使われているほど上質な紙ではないが、安っぽいというわけでもない。

ぱらぱらとめくると、それぞれのページには魔物や植物の絵があって、その隣に説明が記載されている。

「Eランク冒険者用の手帳です。迷宮の上層で出現する魔物の種類や特徴、そして素材となる部位が書かれています。あと、迷宮に自生する植物で素材となる物もそこに載っていますから、迷宮に入る前に必ず見ておいてくださいね」

「へえ！　これは便利ですね、ありがとうございます！」

初心者の俺にとっては、必須のアイテムだ。

「それから、これも初めて冒険者ギルドに登録された方への支給品です」

エミリアさんはそう言うと、黒い芯《しん》がある鉛筆のようなペンを俺に手渡した。先ほどの手帳に、何か新しい情報を見つけたら書き加えられるように、ということらしい。

さらに、腰から提げるポシェット型の革製の小道具入れ、素材を運ぶための薄くて丈夫そうな布製の袋も渡してくれる。口を閉じる紐《ひも》が長めになっているのは、袋を肩に背負うためだそうだ。

重いものは難しいが、軽いものならこれに詰めて運べるだろう。

「いいんですか？　こんなに貰って」

「ええ、早く一人前の冒険者になっていただくことが、ギルドにとっても利益になりますから。これもギルドの大切な仕事です」

確かにその通りか。

俺はエミリアさんにお礼を言うと、小道具入れを腰に提げた。

そしてその中に、手帳とペン、それから小さく折りたたんだ布の袋、先程もらったネックレスを入れる。

何だか、冒険者らしくなった気がする。

腰の小道具入れを見て、俺は少しワクワクしてきた。

迷宮の情報も手に入れたし、これで何とかやっていけるかもしれない。

エミリアさんは、そんな俺の様子を見て微笑む。

「良く似合ってますよ、エイジさん。それでは、冒険者の証をつけてあげますね」

しかし、俺は小道具入れから慌ててプレート付きのネックレスを取り出して言う。

「大丈夫ですよ。自分でつけられます」

そんなことまでしてもらうのは申し訳ないと思って断ると、エミリアさんは首を横に振った。

「冒険者の証は、誰かにつけてもらうのが習わしなんです。無事を願う思いが、冒険者を守るって言われていますから。験担《げんかつ》ぎの一つですね。恋人や母親につけてもらうことが多いのですが……あの、失礼ですけど、エイジさんにつけてくださるような人は……」

「は……はは」

気の毒そうにこちらに向けられている視線が痛い。

エミリアさんは頼む相手がいないと思《おぼ》しき俺に、気を遣ってくれたのだろう。

ジーナさんに言われたけど、俺は冒険者になりたくて遠方から来た家出少年って感じらしいからな。

トレーナーにジーンズ姿じゃあ、そう思われても仕方ないか。

実際は遠方どころか、違う世界から来てるんだ。頼める相手なんているわけがない。

「……すみません。じゃあお願いします」

しょぼくれながら冒険者の証を渡した俺に、エミリアさんがニッコリと笑う。

このスマイルは、窓口のお姉さんの鑑《かがみ》だ。お蔭で、俺は少し元気を取り戻した。

「分かりました。それじゃあ、こちらに向かって頭を下げてもらえますか？」

エミリアさんはそう言うと、席を立って窓口から上半身を乗り出す。

俺のすぐそばに、エミリアさんの顔が迫ってきた。

うわ……。近くで見ると、ますます綺麗だな、エミリアさん。

長い耳と睫毛《まつげ》を揺らしながら顔を近づけるウサ耳お姉さんに、思わず赤面する。

冒険者の証を提げているエミリアさんの前で、俺は頭を下げた。

エミリアさんはおまじないのような言葉を口にしながら、俺の首にネックレスをかけてくれる。

どうやら俺の安全を祈る儀式みたいなものらしい。

エミリアさんは俺の首を抱く姿勢のまま、おまじないの言葉を唱えている。

それを聞きながらも、俺は目の前にあるエミリアさんの胸が気になっていた。

鼻先が、綺麗なウサ耳お姉さんの弾力のある胸に少し触れている。

何だか凄くいい香りがする。

いやいや……。何考えてるんだ、俺は。

エミリアさんは親切でやってくれているのに、失礼過ぎるだろ。

欲望を捨てろ、賢者になれ！

そんな俺の葛藤《かっとう》に気づくことなく、エミリアさんはおまじないを続けている。

しばらくすると、一度言葉が途切れて、再びエミリアさんの声が俺の耳元で聞こえた。

「ふふ、終わりました。けなくて。普通はおまじないまではしないんですけど、エイジさんは何だか放っておけなくて。今のはラビリト族に伝わる、安全を祈るおまじないです」

「は、はひ……ありがとうございます」

もはや、何にお礼を言っているのかよく分からない状態である。

「エイジさん、これで貴方はもう冒険者です。あ、そうそう、あの依頼の主ですけど、先程からずっとエイジさんの後ろにいたんです。丁度良かったですね」

6　初めての依頼

「ふあ？」

すっかり鼻の下が伸びたまま振り返り、その人物を見て慌てて真顔に戻る。

そこには、俺のだらしない顔を軽蔑《けいべつ》したように見る、二人の少女が立っていた。

「あ、あの……俺、エイジって言います」

俺は、気まずい雰囲気の中で自己紹介した。

二人の少女のうち、燃えるような美しい赤毛で、魔法使い風の格好をした少女が冷たく言い放つ。

「知ってるわよ、さっきから聞いてたから。初級剣士のLV5だってこともね」

「はは、そうなんだ……」

つまり、一部始終を見られてたってわけだ。そりゃあ、こんな目にもなるだろう。

少女たちの年齢は、俺と同じくらいに見える。

一人は、今言葉を交わした赤毛の魔法使い。いかにも魔法使いっていう感じの、大きなとんがり帽子と黒いローブを着ている。

同じクラスにいたらドキドキするほどの美少女だが、見るからに勝気な雰囲気だ。正直、苦手なタイプである。

もう一人は、綺麗なブロンドの髪をした大人しそうな少女。赤毛の少女とは違って、白いローブを着ている。

ローブのフードで少し顔が隠れているが、冒険者というより、良いところのお嬢様といった感じだ。その清楚《せいそ》な雰囲気が、白いローブによく似合っている。

エメラルドグリーンの大きな瞳で、赤毛の少女の後ろから、こちらを窺《うかが》っている姿は可愛らしい。

すごく綺麗な子だけど……この子も冒険者なのか？　見た感じ、とてもそうは思えない。

「えっと……エミリアさん。依頼者って、この子たちですか？」

俺の問いにエミリアさんが頷く。

「そうですよ。女の子二人で迷宮に入るなんて珍しいですし、やっぱり危険なので、誰か良さそうな相手を見つけてあげたくて」

エミリアさんは俺を『良さそうな相手』だと判断してくれたらしいが、目の前の二人はそうは思っていないようだ。

……当然だよな、あんな顔してたらさ。

綺麗なウサ耳お姉さんに、デレデレと鼻の下を伸ばしているのを目撃される前からやり直したい。

二人から突き刺さる視線に耐えていると、エミリアさんが少女たちに微笑む。

「ふふ、私はエイジさんをお薦めしますよ。フェロルクに来る冒険者は中級者以上が多いですから、あの条件ですと、ぴったりな相手はそういませんし」

赤毛の少女はブロンドの少女に尋ねる。

「どうする、リアナ？　確かに乱暴には見えないけど、イヤラシイ顔をしてたし」

「でもエリス。エミリアさんはお薦めだって……」

イヤラシイ顔って……男なら誰だってああなるって！

せめて心の中だけでも、言い訳させて欲しい。

エミリアさんにあんなことをされて、デレッとしない奴がいたら会ってみたいものだ。間違いなく本物の賢者である。

こんなことを実際に口に出したら、余計に軽蔑されそうだけどな。

勝気っぽい赤毛の少女――エリスはしばらく考え込むと、偉そうな態度で言った。

「いいわ、貴方を雇ってあげる。感謝しなさいよね！　あくまで、条件に合う人がいなくて仕方なくだから。身の程をわきまえないと、すぐクビにするわよ」

エリスの口ぶりと態度を見て、さすがに俺もカチンときた。

黙って聞いていれば。こいつ、一体何様のつもりだよ。

確かにデレデレしてた奴は信用ならないかもしれないが、ここまで言われる筋合いはない。

エミリアさんには悪いけど、俺だって男だ。

こんな風に言われて、ハイ分かりましたって、パーティを組む気にはなれない。

「何だよその言い方。別にこっちは頼んでないぜ。嫌々ってことなら他を探せよ！」

だが、エリスは俺を睨み返してきた。

「な、何ですって！　何なのよ!!　せっかくこの私が雇ってあげるって言ってるのに！」

隣でおろおろしているリアナには気づかず、エリスは俺に指を突きつけて宣言する。

「もういいわ、あんたみたいな平民、こっちからお断りよ!!」

それを聞いて、リアナが慌ててエリスを止めた。

「エリス！」

すると、エリスの勝気な顔が、一瞬にしてハッとした表情に変わった。

……どういうことだ？　今あの子、俺に『平民』って言ったよな？

騒ぎを気にして、近くにいる数人の冒険者たちがこちらを見ている。

エリスは唇を噛み、俺を睨んで言う。

「い、今のは言葉のあやよ！」

エミリアさんが、注目が集まっているのを気にして俺たちに言った。

「皆さん、向こうのテーブルが空いていますわ。少しあちらでお話をされてはどうですか？」

これ以上話すことはないような気はするが、俺たちは渋々頷く。

確かに、カウンターの前でいがみ合っているのは、他の冒険者の迷惑になる。

だからエミリアさんの言葉に従って移動し、ギルドの奥にあるテーブルを使わせてもらうことにした。

俺が椅子に腰掛けると、向かい側にエリスとリアナが座る。

「俺はエイジ・ユキカワ」

何を話せばいいのかと思ったが、とりあえず改めて自己紹介する。声は、すこぶる不機嫌だが。

「私はエリス・ルファーニアよ」

しかし不機嫌さなら、エリスも俺に負けていないらしい。

俺とエリスは思い切り顔を背けていて、目を合わせるどころではなかった。

そんな俺たちを見て、リアナが困ったように言う。

「私はリアナ・ローゼンルースです。あの……エイジさんもエリスも、どうしてそっぽ向いて自己紹介してるんですか？」

するると、エリスが俺に向けて言った。

「だって、こいつが！」

「何だよ、こいつって！」

睨み合う俺とエリスを、リアナがじっと見ている。その両手は胸の前でぎゅっと握られていた。

この子一人なら、全然問題ない。むしろ大歓迎なんだけどな。

エリスは再び顔を背け、ちらりとだけ俺を見る。

「で、どうするの？　あなたが断るなら他を当たるわ。時間がもったいないから、早く返事をしてちょうだい」

「わ、分かってるよ！」

くそ……。

でも、今の俺の状況を考えると、仕事を選《え》り好みしている場合じゃないのは確かだ。

意地を張っていてもしょうがない。エリスのことは気に入らないが、一週間だけ我慢すればいいのだ。

俺だって一人で迷宮に入るのは心細い。この世界のことはほとんど分からない上に、戦闘経験だって乏しいのだ。

確か、彼女たちは初級魔道士ＬＶ６と初級治療魔道士ＬＶ５だって、依頼書に書いてあったからな。

エミリアさんも、浅い階層でパーティを組むなら、丁度いい組み合わせだって言っていた。

この世界で冒険者として生きていくなら、レベル上げは必要だ。まだまだ駆け出しの俺の場合、仲間がいるに越したことはないだろう。

レベル上げをしながら素材集めをすれば金も稼げるのだから、俺にとっては文句ない条件だ。

腹は立つけど、背に腹はかえられない……か。

よし、ここは俺が大人になるとしよう。

「……俺も言い過ぎたよ。本当はすぐにでも仕事が欲しいんだ。もし俺でいいなら、雇ってくれないかな？」

頭を下げる俺を見て、エリスは少し戸惑いながら言った。

「な、何よ……。素直に最初からそう言えばいいんだわ。少しは反省したみたいね」

そうして、小さな胸の前で偉そうに腕を組む。

エミリアさんに比べたら飾りみたいな胸のくせに、なんでそんなに偉そうなんだよ！

エリスの相変わらず態度に再び腹が立ち、心の中で悪態をつく。声に出したら、また喧嘩になるからな。

燃えるような赤毛のエリスは、俺の視線の先に気づいたらしく頬をヒクつかせた。

「あ、貴方！　今、私の胸を見てたでしょ！　イヤラシイ!!」

「な、何で俺がそんな平べったいものを見なきゃいけないんだよ！」

確かに見ていたが、イヤラシイ目なんかしてねえし！

自意識過剰にもほどがある！

「な!!　ひ、ひら……平べったいですって！　も、もう許さない！」

エリスが立ち上がり、杖を取って構える。

「おい……嘘だろ！　何する気だよ！」

まさか、こんなところで魔法をぶっ放したりしないよな。

しかし、杖の先には淡い火が灯り、次第に勢いを増している。

初めて見る魔法で、こんがりと焼かれるなんてゴメンだ。

唇を噛んで涙目でこちらを睨んでいるエリスに、俺は慌てて頭を下げた。

「悪かったって！　謝るからさ!!」

確かに女の子に『平べったい』は、失礼過ぎた。エリスが怒るのも無理はない。

その怒りは謝罪の言葉程度では収まらず、杖の先の火はどんどん大きくなっている。

ゲームなんかではよく見たけど、あんなのぶっ放されたら黒焦げどころか即死しそうだ。

ここは逃げるべきか⁉

俺は慌てて立ち上がろうとしたが、うまく身体が動かず椅子から転がり落ちる。

「ふふ……ふふふ」

その様子を見ていたリアナが、急に笑い始めた。

俺は地面に尻餅をつきながら、リアナに助けを求める。

「笑ってないで、エリスを止めてくれよ！　俺、まだ死にたくないって‼」

すると、エリスがきょとんとして、溜め息をつきながら肩を竦める。

「馬鹿じゃないの？　こんなところで本気で魔法を使うわけないでしょ。大体馴れ馴れしいのよ、エリスだなんて呼び捨てにして！」

そう言うと、エリスの杖の先にあった火の勢いが止まった。

……つまり、ただ驚かせようとしただけってことか？

唖然としている俺を見て、リアナはクスクスと笑った。

「さっきのエイジさんの顔……あんなに慌てちゃって。ふふ、可笑《おか》しくって、こんなに楽しいのって久しぶりです」

俺は手足がおぼつかないまま立ち上がり、エリスの杖を警戒しつつ椅子に座る。

そして、一息ついてリアナに言った。

「そんなに笑うことないだろ？　……俺は今、魔法を初めて見たんだ。周りに使える奴はいなかったし……だから、エリスが本当に使うと思ったんだよ」

俺の言葉を聞いて、エリスは呆れたように言う。

「は？　魔法を初めて見た？　あんた、一体どんな田舎から来たのよ」

俺は言葉に詰まった。

まさか、異世界から転生してきましたなんて言えないもんな。

「あ……ああ。魔法なんていらない、平和な村で育ったんだ。だからさ、この町に来て分からないことだらけなんだよ」

それを聞いてエリスは眉を顰《ひそ》め、リアナに言った。

「リアナ、どうする？　魔法も知らないなんて、頼りない気もするけど」

リアナは、まだクスクスと笑いながら俺を見ている。

うわ……ほんと可愛い子だよな、この子。笑われているのはちょっと心外だけど、その笑顔を見ると些細《ささい》なことはどうでもいいと思える。

俺が見惚れていることなど露《つゆ》知らず、リアナは隣にいるエリスに言った。

「私はエイジさんがいいわ、悪い人にはとても見えないし。駄目かしら？　エリス」

「……確かに、生意気だけど悪い奴には見えないわね」

誰が生意気なんだよ！　エリスにだけは言われたくねえ。

ほんとに、一言多いんだよな。

つんと澄ました態度が鼻につく。顔が可愛いのが、何だか余計に腹が立った。これで全然俺の好みの顔じゃなかったら、いっそ嫌いになれたかもしれないのに。

悶々《もんもん》としている俺の目の前で、リアナとエリスが相談をしている。

口出しすることではないので、大人しく待つことにした。

しばらくすると二人の意見がまとまったらしく、エリスが俺に向き直った。

「いいわ。エイジ、貴方を雇うことにする。一週間で銀貨一枚、これで文句ないわね」

俺は二人を交互に見て、ほぉっと息を吐いた。

とりあず、仕事を得ることができた。

エリスには色々言いたいことがあるものの、これ以上揉めるのは勘弁だし、気を取り直してうまくやっていこう。

「ああ、もちろん。雇ってもらえて助かったよ。よろしくな、エリス！」

笑顔を向けると、エリスが目を逸らしてコホンと咳払いする。

「べ、別にあんたのためじゃないんだからね！　リアナが、あんたを気に入ったみたいだから決めたのよ。リアナに感謝しなさい！」

言われて、俺はリアナに頭を下げる。

「ありがとう、リアナ。これからよろしく」

「いいえ、エイジさん。こちらこそ、よろしくお願いします」

こちらに向けてニッコリと笑うその表情は、天使のようだ。品もあるし、どこかのお姫様と言っても通用するだろう。少しはエリスも見習って欲しい。

そういえば、エリスは言葉のあやと言っていたが、俺を『平民』って言ったよな。

実は、良いところのお嬢様という可能性もあるのだろうか？

不思議に思ってリアナをじっと見ていると、その視線に気づいたのか、エリスが口を挟んだ。

釘を刺すように、ハッキリとした口調で言う。

「最初に言っておくけど、お金で貴方を雇うんだから、お互い余計な詮索はなしにしましょう。一週間、レベル上げをするためにパーティを組むだけ。仕事だって割り切ってもらえるかしら？」

……確かに、俺だって異世界からやってきたなんて言えない。お互い様か。

この二人の素性《すじょう》を知ったところで、仕事には一切関係ないもんな。

納得して、俺はエリスの言葉に頷く。

「ああ、分かったよ。ただ一つだけ頼みがあるんだけど、いいかな？」

「何？　面倒はごめんよ」

訝《いぶか》しげにこちらを見るエリスに、俺は苦笑しながら言った。

「あのさ、レベル上げもそうなんだけど、どうせなら素材集めもしたくてさ。お金になるし、それに迷宮のことをよく知りたいんだ」

エリスはリアナと顔を見合わせる。「どうかしら？」と首を傾げるリアナに、エリスは頷く。

「いいわ、そのくらいなら構わないわよ。でも、レベル上げの邪魔になるようならやめてもらうわ」

「ああ、分かった。助かるよ、エリス、リアナ」

リアナは胸の前で手を組んで、嬉しそうに笑みを浮かべる。

「ふふ、これで決まりですね。迷宮の冒険なんてワクワクします！　今日はもう日が沈みますから、明日の朝、迷宮の入り口に来ていただけますか？」

ふと外を見ると、いつの間にか夕日がギルドホールの窓から差し込んでいる。

ワクワクか。確かに不安はあるけれど、三人いるなら何とかなる気がする。俺も楽しみになってきた。

「もちろん。じゃあ明日の朝、迷宮の入り口で」

その後、俺たちは待ち合わせの時間を決めた。

二人の話によれば、どうやらこの町では定期的に時刻を知らせる鐘《かね》が鳴るらしい。

言われてみれば、大通りから見えた白い塔の天辺に、大きな鐘があったな。

明け方に一日の最初の鐘が鳴り、そこから時刻が進むたびに鐘の音が増えていくそうだ。

俺たちは三つ目の鐘が鳴る頃に、迷宮の入り口で会おうと約束した。

話がまとまり、俺が席を立とうとすると、エリスが待ったをかける。

「ところでエイジ。あんた、その木の棒で迷宮に入るつもりじゃないでしょうね？」

そういえばそうだった。

確かに、こんな木刀ではいくらなんでも心もとない。

元々、剣を買うつもりではあった。だけどお金がないから、ゴブリンアーチャーの弓と矢を売ってどうにかできないかと思っていたんだよな。

迷宮で手に入れた物じゃないから、売るのは自由なはずだ。

「ああ、これから武器屋を回る予定だよ」

俺の言葉にエリスは安心したように頷く。

「そう、頼むわよ。地下一階って言っても、前衛はあんたにしっかりやってもらわないと困るんだから」

俺は苦笑いしつつ頷いて、エリスたちと一緒にギルドの窓口に向かう。

そこでエミリアさんに改めてお礼を言った後、依頼を受けた旨を伝えた。

すると、エミリアさんは大きな耳をピコピコさせながら、ニッコリと笑う。

「そうですか、お話がまとまって良かったです。それでは、ここに双方のサインをお願いしますね」

「はい」

「ええ、分かりました」

俺とエリスが必要な書類にサインすると、エミリアさんが力強く言う。

「エイジさん、頑張ってくださいね！」

「は、はい！」

微笑んで少し首を傾けた拍子に揺れるウサ耳はもちろんだが、エミリアさんの笑顔は俺に勇気をくれる。

もし『窓口のお姉さん世界一コンテスト』があれば、エミリアさんはブッチギリの優勝だろう。

元気よく返事をしてにやけている俺を、エリスとリアナがジト目で睨んでいる。

「ほんと、だらしない顔して……。男って、ああいう人に弱いのよね」

「確かにちょっとだらしないです」

気まずくなった俺は軽く咳払いをし、二人を連れてギルドの入り口に向かう。

ギルドホールの扉を開けて外に出ると、町が夕日でオレンジ色に染まっていた。

「それではエイジさん、明日の朝、よろしくお願いします」

「ああ、リアナ。また明日」

エリスも、相変わらず高飛車な態度ではあるが、別れの挨拶をする。

「またね、エイジ。遅れないでよ」

「分かってるさ」

そうして町の雑踏に消えていく二人を、俺はその場で見送った。

夕暮れ時。いつもなら俺も家に帰っている時間だ。

俺……本当にこの世界で一人なんだな……。

何だかんだと揉めはしたけど、エリスたちと一緒にいる時は寂しさを感じなかった。

でもこうして取り残されると、家族も友人もいない、独りぼっちなんだなと実感する。

いや、感傷に浸っている場合じゃないか。とにかく武器を手に入れないとな。

そう思い、町の大通りを歩きだした。

7　武器屋巡り

迷宮で使う剣を手に入れるために、フェロルクの町の大通りを歩く。

冒険者ギルドに向かう途中、いくつか武器屋を見かけたので、まずはそこを当たることにした。

俺はギルドにほど近い、いかにも立派な造りをした武器屋の扉を開ける。

「いらっしゃい！　何にいたしましょうか!!」

威勢の良い掛け声とともに、店主らしき男がこちらにやってくる。

小太りだが綺麗な身なりをした、中年の男性だ。

扉を開けた瞬間は愛想のいい笑顔だったのだが、俺の姿を見るなり、軽く舌打ちした。

「なんだ、坊主。うちの店は、坊主が買えるような物は扱っちゃいないぜ。とっとと帰りな」

いきなり酷い態度だな……。

確かに、周りを見るとキラキラと輝く剣ばかりが飾られている。近くに展示された剣の値段をチラッと見ると、三十万フィーダと書いてあった。

フィーダというのは、この世界の金の単位だろう。

剣の相場は分からないが、恐らく俺に買える額ではない。

ただ、購入は無理にしても、買い取りならお願いできるはずだ。

「あの、俺、この弓を買い取ってもらいたくて」

不機嫌そうな店主に何とかそう言うと、店主は俺が手にした弓を碌《ろく》に見ようともせずに首を横に振った。

「うちは買い取りはしてねえんだ。よそに行きな！」

そう言い放ち、無理やり手を引かれて俺は店の外に追い出されてしまった。

くそ！　話くらい聞いてくれてもいいだろ!!

しかし、腹を立てていても仕方がない。日が落ちる前になんとかしたいので、他の店を当たることにした。

大通りに並ぶ店を、しらみつぶしに当たっていく。

だが、二軒目、三軒目、そして大通りで目に入った最後の店でも、反応は一軒目と全く同じだった。

「ふぅ……こりゃあ駄目だな。俺の格好を見ただけで追い出す気満々だし」

少し落ち込みながら、この先のことを考える。

何とか武器を手に入れないと、明日会った途端に、エリスたちから見放されてしまうかもしれない。

俺は大通りの端に立って辺りを見回しながら、何か手はないかと考えを巡らせる。

大通りからは何本も細い路地が延びていて、その路地にもぽつぽつと何かの店があるのが見えた。

……ちょっと待てよ？　大通り沿いの店を回ってるからいけないのか？

今まで回った店にある品物は全て、いかにも高そうな物ばかりだった。

俺が元いた世界だって、人通りが多い一等地にある店は、それなりの値段がするものを売ってることが多いもんな。

だが、今の俺が欲しいのはブランド品じゃない。

この町に来るのは中級者以上の冒険者が多いって聞いたけど、手持ちが少ない駆け出しの冒険者だっているはずだ。

彼らのための武器を扱っている店がゼロということはないだろう。

俺は意を決して、大通りから細い路地へ入っていく。

夕方ということもあって少し薄暗いが、冒険者用の道具屋や日用雑貨を扱う店がいくつかあり、大通りほどではないものの、人もそれなりに行き交っている。

……よし、これなら武器屋もあるかもしれない。

俺はその道をさらに奥へ進んでいく。

そのまま数分歩いたが、武器屋はまだ見つからない。

路地沿いにある衣服や食料品を扱う店は、大通りにあった同業の店と違ってこぢんまりしており、看板や装飾も華美ではなかった。ぱっと見では、庶民的な店のように思える。

もちろん、立派な店もあるにはあるが、大通りに比べると少ない。

しばらく進むと、分かれ道になった。その角には八百屋らしき店がある。

このまま闇雲《やみくも》に歩いていたら、日没までに目的の店が見つからない可能性があるので、俺はその八百屋で、この辺りに武器屋がないか尋ねてみることにした。

「あの、すみません。少し聞きたいことがあるんですけど」

大通りの店ではとりつくしまもなかったが、八百屋のおかみさんは右側の道を指して、ここを真っすぐ行ったところにあると教えてくれた。

俺は礼を言い、右側の道を進んで緩やかな坂道を下る。

そのまま歩くこと数分、軒先から道に突き出た、それらしき看板が目に入った。

……あれか？

剣と盾のマークだ。その中央に、なぜか大きなハンマーのマークもある。

店の前まで歩いていくと、建物はレンガ造りで、派手さはないが結構しっかりしていた。

『テルームドの武器屋』

建物の前の立て看板には、そう書かれている。店は二階にあるらしく、看板は階段の脇にあった。

「もしかすると、ここなら……」

淡い期待を胸に抱きながら石造りの階段を上がって、入り口の扉に手をかける。

その時、ふと不安がよぎった。

——ここで駄目だったらどうする？

だが、頭を振り、扉にかけた手に力を込めた。

馬鹿だよな。どうするかなんて考えても、何の意味もない。駄目だった時は、また他の店を探すしかないのだから。

諦めたところで剣は手に入らないままだし、せっかく請け負えた仕事がなくなる恐れだってある。

そうなったら、帰る場所も頼れる人もいない俺は、路頭に迷うだけだ。

やるしかないと改めて思い、店の扉をゆっくりと開けて中に入る。

店内には、剣や鎧が所狭しと並んでいた。

店員らしき人も俺以外の客もいないが、奥から野太い声が聞こえてくる。

俺が声のする方を覗《のぞ》こうとしたところで、客の来店に気づいたのか、髭面《ひげづら》の屈強そうな男が歩いてきた。

「いらっしゃい！　ん？　どうした兄ちゃん、しけた面《つら》してるじゃねえか」

年齢は五十歳ぐらいだろうか。威勢のいい親父さんの声が、店に響く。

だが、親父さんは俺を見ると、なぜか一瞬固まった。

やばい、また追い返されるか……？

緊張して待っていると、店主と思しき親父さんは、不思議そうな顔をして俺の服をじろじろと眺めた。

「ほう？　変わった格好をしてるな、兄ちゃん。ちょっと触《さわ》ってもいいかい？」

「あ、はい。構わないですけど」

そう答えると、親父さんは興味津々といった様子で、トレーナーとジーンズを触ったり引っ張ったりしている。

「こりゃあ悪くないな。けっこう作りもしっかりしてるし、軽くて動きやすそうだ。何て言う装備だい、このズボンは？」

どうやら、親父さんは俺のジーンズが気に入ったらしい。確かに、この世界の服とはかなり違うからな。

生地や作りがしっかりしているから、防具の一種だと思ったようだ。

「ジーンズっていいます。俺は遠いところから来たので、この町の人は聞いたことがないと思いますが」

「なるほどな。いや、悪かった。あんたは客なのにさ。俺は武器だけでなく防具も扱ってるし、鍛《か》冶《じ》もしているから、見たことのない装備には目がなくてな。それで、兄ちゃんが欲しいものは何だい？」

なるほど、看板にあったハンマーは鍛冶屋のマークだったのか。

俺はきちんと客扱いされたことにホッと息を吐き、親父さんに答える。

「剣です。俺は初級剣士なんですけど、明日、迷宮に初めて入るから装備を整えたくて」

すると、親父さんは目を輝かせてにやりと笑った。

「そうかい、嬉しいねえ！　駆け出しの若い奴に装備を選んでやるのも、武器屋の楽しみだからな。こっちに来な！」

親父さんに手招きをされ、連れられていった場所には、初心者用の装備が並んでいる。

なぜ初心者用と分かったのかといえば、単純に値札のゼロの数が少なかったからだ。

最初に入った大通りの店にあった剣は三十万フィーダ。

それに対して、今目の前にある剣の値段は七千フィーダだ。

桁《けた》が二つも違う。大通りと路地とでこんなに違うなんてな。

しかし、そもそも俺は一文無しである。

装備を買うのももちろんだが、まずは、あのエリート級のゴブリンの弓を売ってお金を作る必要がある。

「あ、すみません。こちらで武器の買い取りってしてますか？」

恐る恐る聞いてみると、親父さんは大きく頷いた。

「おう、もちろん買い取りもやってるぜ。ただし、迷宮で入手した物は除くがな」

「大丈夫です、町の外の森で手に入れた物ですから」

俺は、背負っていた弓と矢を親父さんに見せる。

「この弓なんですけど……」

「ふむ。ちょっと見せてみな」

親父さんは弓を受け取ると、上下左右からじっくりと観察する。

「こりゃあ、エリート級のゴブリンが使う弓か！　兄ちゃんが倒したのか？」

俺が頷くと、親父さんは感心して唸《うな》った。

「やるもんだね。初級剣士あたりじゃあ、何もできないうちに弓で撃たれて死んじまうケースが多いんだが」

まあ確かに、俺もメルティの加護の力がなかったら死んでただろうからな。

「弓が五千フィーダ、矢が一本につき百フィーダだ。十本あるから、千フィーダで買い取ろう。他の店よりは高いはずだぜ」

多分、その通りなんだろう。

この親父さんがいい人であることは、これまでのやり取りで分かった。

合わせて六千フィーダか。装備を揃えるどころか、剣一本すら買えないな。

親父さんには悪いが、思わず溜め息が出てしまった。

これでは、明日迷宮に入ることなんてできないだろう。エリスたちには本当に申し訳ないけど、他を探してもらうしか……。

それにしても、頼れる人も金もないって、こんなに心細いものだとは思わなかった。

大体、宿代だってかかるし、食事の金も要《い》る。剣を買う以前に、生活するための資金を作らないとな。

となると、ひとまず弓と矢を売って、後のことはまた考えるしかないか……。

「親父さん、ありがとうございます。実は俺、手持ちがなくて。だからこれを売って装備をどうにかしようと思ったんですが、ちょっと考えが足りなかったみたいです。迷宮はまた今度挑戦することにしたので、とりあえず買い取りをお願いできますか？」

精一杯強がって笑みを浮かべた俺の顔を、親父さんはじっと見ている。

見定めるように、しばらく俺の瞳を見つめていた親父さんが口を開こうとした時、その場の沈黙を破ったのは、俺の腹の虫だった。

きょとんとして、親父さんが固まる。

う……恥ずかしい。そう言えば、この世界に来てから何も食べてなかった。

俺が気まずくなっていると、親父さんは、ふっと笑い、店の奥に向かって大声を上げた。

「おい！　フィアーナ！　夕飯まだ残ってんだろ!!」

すると、奥から親父さんに負けないぐらいの大声で返事がきた。

「何だいあんた、まだ食べるのかい？」

女の人の声だ。

しばらくすると、その声の主が店に顔を出した。

親父さんと同じぐらいの歳の女性で、栗毛色の髪を綺麗に束ねている。若い時は結構な美人さんだったんじゃないだろうか。

「俺じゃねえよ、この兄ちゃんに飯を食わせてやってくれ。腹いっぱいな!!」

「え、でも。俺、お金がなくて……」

親父さんは、大きな声で笑いながら俺の背中を叩いた。

「馬鹿野郎！　うちは武器屋だぞ、飯で金をとるかよ。文無しじゃ、碌《ろく》なもん食ってねえんだろ？いいから食ってけ、俺のかみさんの飯は天下一品だぞ!!」

8　豆のスープ

親父さんに連れられて、店の奥にある住居スペースに通してもらった。

部屋の中央に置かれたテーブルの上には、温かい湯気が上る料理が並べられている。

何かの肉の煮込み、茹《ゆ》でた野菜にソースをかけたもの、パン、豆の入ったスープ……どれも量が多くて美味しそうだ。

「うわ！　こんなに！　……でも、本当にいいんですか？」

店のおかみさんであるフィアーナさんは、台所から戻ってくると、俺を見て笑った。

「若いくせに遠慮するんじゃないよ。安心しておあがり！」

俺は思わず、ゴクリと唾を呑み込んだ。直後、情けないことに、キュルルルと腹の虫が再び鳴く。

それを聞いて、向かいに座っている親父さんが大声で笑った。

「言わんこっちゃねえ！　無理するんじゃねえよ、兄ちゃんの腹の虫の方がよっぽど正直じゃねえか!!」

「ほんとだね。ほら、冷めないうちにお食べよ」

豪快に笑う親父さんと、優しく微笑むフィアーナさんに釣られて、俺も笑顔になる。

「ありがとうございます！　本当は腹が凄く減ってて！」

「おう！　あんなデカい腹の虫を聞きゃあ、そんなこと分からあな!!」

「では、いただきます！」

がっつくように料理を食べ始めると、二人は目を丸くして俺を見ていた。

あまりにも急いで食べたせいで、パンが喉に詰まってしまったのだが、フィアーナさんは胸を叩いている俺を見て笑う。

「慌てるんじゃないよ。料理は逃げたりしないんだ、ゆっくり食べな」

俺は無言でコクコク頷き、スープを一口飲んでパンを流し込んだ。

その後はゆっくり味わいながら食事を進めていく。

フィアーナさんは、自分が作った料理が平らげられていくのを楽しげに見ていた。

スープがとても美味しいと告げると、飲み終わったそばから、フィアーナさんはお代わりをよそってくれる。

日がすっかり落ちた頃、親父さんは店を閉めて、俺の隣でなぜか嬉しそうに酒を飲み始めた。

そしてしばらくすると席を立ち、部屋の隅にあるソファーに横になって、軽くいびきをかきながら寝てしまう。

フィアーナさんは仕方なさそうに肩を竦め、親父さんに毛布をかけた。

「まったく、この人ときたら困ったものさ」

そう言って、フィアーナさんは食卓を片付け始めた。

俺は自分の目の前にある空っぽの器を眺める。

フィアーナさんの作ったご飯は、本当に美味しかった。特に、少し変わった豆の入ったスープは絶品だ。親父さんが天下一品と言うのも頷ける。

「あ、あの……。俺、こんなに良くしてもらって。すみません、お金もないのに！」

今は文無しだけど、何かお礼をする方法はないだろうか。弓と矢を売ったお金から少し払うとか？

そんなことを考えていると、フィアーナさんは微笑んで言った。

「何言ってんだい。お礼が言いたいのはこっちの方さ。うちの人がこんなに幸せそうな顔をしてるのを見るのは久しぶりだよ」

いびきをかいている親父さんをちらりと見た後、フィアーナさんは何かを思い出すように食卓を眺めた。

「私も嬉しくてね。あんたが喜んで私の料理を食べている姿を見てると、まるであの子が帰ってきたみたいでさ」

あの子……？

俺が首を傾げていると、フィアーナさんは奥の部屋から一本の剣と、防具を次々に運んできた。

鎧《よろい》や小手、脛当《すねあ》てだけでなく、盾まである。

素人《しろうと》の俺が見ても、質の良い品々だと一目で分かった。

「あんた、明日、初めて迷宮に行くんだってね。これを使っておくれ。この人がね、あんたに渡してくれって」

そう言って、鞘《さや》に収まった剣を俺に差し出す。

俺は慌てた。「ありがとう」なんて、簡単に受け取れる物じゃない。

「そんな、俺はまだ初級剣士だけど、これが良い物だってことくらい分かります。こんな高価なもの、いただけません」

すると、フィアーナさんは呆れたように笑った。

「馬鹿な子だね、黙って貰っておけばいいのに。やっぱり、あの子に似てるねぇ。その正直なところも、負けん気の強そうな横顔もそっくりさ」

俺が不思議そうに見ていると、フィアーナさんは静かに続ける。

「似てるんだよ、お兄ちゃんは。この人と私の息子に。元気で正直な子でね、武器屋になるのが嫌だって言って、冒険者になったんだ。この人は怒ってね、反対したんだよ。だから息子に、武器も防具も作ってやらなかった」

フィアーナさんは、床に転げて大の字になっていびきをかいている親父さんを見つめる。

「そうすれば、あの子が諦めると思ったんだね。でも、結局迷宮に入ったきり、息子は帰って来なかった。この人は荒れてね、碌な装備も持たずに迷宮に行ったんじゃないかって……自分を責めたんだ。俺が作った武器や防具があれば、あいつは……エフィンは死ななかったって。今でも、酒を飲むといつも、ね……」

フィアーナさんの瞳が潤《うる》み、目尻には涙が光っている。

息子……か。

そうだ、俺の母さんや父さんだって――

俺は馬鹿だ。

自分のことで精一杯で、親の気持ちなんて考えたことがなかった。

突然、俺が死んで、父さんや母さんはどれだけ辛い思いをしたのだろうか……。

生まれた瞬間からずっと見守り続けて、俺が受験勉強を頑張っているときも、無理はしないようにと言いつつ、応援してくれていた。

そしてようやく合格を手にして、きっと夜には家族でお祝いをして、喜び合っただろう。

食卓についた二人の姿を思い出す。

その笑顔も。

自然と涙が溢れ、頬を伝っていった。

フィアーナさんは、そんな俺を見て優しく微笑んでいる。

この武器と防具は、きっと親父さんが息子さんを思って作ったものなのだろう。

愛する息子のために祈りを込めて。

いつかきっと渡そうと思っていて、でも永遠に渡せなかった、大切な物なのだろう。

フィアーナさんは、もう一度俺に剣を差し出した。

「命を粗末にするんじゃないよ。意地を張らずに持っていきな」

そう言って、俺にしっかりと剣を握らせる。

「今日はここに泊まっておいき。金がないんじゃあ、宿にも泊まれないだろう？　よくある話さ、若い子が家を飛び出して冒険者になるなんてことはね」

息子のエフィンさんも、そうだったのだろう。

フィアーナさんはそう言って、俺の布団を親父さんの隣に敷いた。

「生きて帰っておいで。そして良かったら、またこの人に元気な顔を見せてやっておくれ」

俺は黙って、ただ頷いた。


翌朝、俺は服を借りて着替え、迷宮に入るためにフィアーナさんから手渡された剣や防具を装備する。

まるであつらえたかのように、サイズがぴったりだ。

親父さんとフィアーナさんは、店の外まで俺を送り出してくれる。

フィアーナさんは俺の姿をしげしげと見て、目を細めた。

「本当にぴったりだねぇ。うん、良く似合ってるよ」

俺は親父さんの目をじっと見つめ、力強く宣言する。

「行ってくるよ、親父さん。頑張ってくる!!」

親父さんの目は赤く、少しの間、言葉に詰まっているようだった。

これを渡せなかった息子さんのことを、思い出しているのかもしれない。

「馬鹿野郎！　は、早く行け！　必ず帰ってこいよ！　また美味い飯を食わせてやるから」

「何泣いてるんだい。馬鹿はあんただよ。帰ったら必ずまたここに来るんだよ、エイジ。待ってるからね」

俺は二人の顔を見て、微笑みを浮かべて頷く。

「ありがとう、親父さんフィアーナさん。行ってきます！」

「ああ頑張ってこい！」

「いってらっしゃい！」

朝の光が眩《まぶ》しい。

レベルが上がったわけでも、新しい職業を得たわけでもないが、何だか自分が少し成長した気がする。

俺は朝日を浴びながら、しっかりと前を向いて歩いた。

9　迷宮の入り口

エリスたちと約束している三つ目の鐘まで、まだ時間がある。

俺は親父さんの店を出た後、町の入り口に立ち寄ることにした。

昨日、エリクさんから落ち着く先が決まったら報告するようにと言われていたのに、結局、宿は取らなかったからな。

大通りに出ると、まだ朝早いというのに、すでに開いている店や冒険者らしき人の姿があった。

少しひんやりとした空気を感じつつ、町の入り口まで進んでいく。

すると、門の詰め所にエリクさんの姿が見えた。

挨拶を軽く交わし、昨日あったことを報告する。

宿はまだ決まっていないけれど、冒険者ギルドに登録したことや、昨夜は武器屋の親父さんのところにお世話になったことを伝えた。

ジーナさんがいなかったのが残念だが、仕方ない。

エリクさんは、俺の話を頷きながら聞いてくれた。

「分かったよ、エイジ。報告してくれて助かる。ジーナ隊長には僕から伝えておくよ」

そして俺の肩に手を置き、エリクさんは少しだけ表情を曇らせて、声をひそめる。

「それから、同じ警備隊の人間として恥ずかしい話だが、ロートンには気をつけた方がいい。昨日、酒場でかなり荒れていたそうだ。自分に恥をかかせた君に必ず痛い目を見せてやると、息巻いていたらしいからね。ロートンは執念深い男だ。もし何かあったらその場では相手にせず、僕かジーナさんに言ってくれ」

「はい。ありがとうございます、エリクさん」

そう言って、俺はエリクさんに別れを告げる。

歩きながら、ロートンに掴まれた時のことを思い出す。

俺を見下ろす、あの獲物を見るような目。

あいつとは関わりたくない。何かあったら、すぐにエリクさんに相談しよう。

そう決めて顔を上げると、大通りの正面にある高い塔が目に入った。あれはフェロルクの町の中央に建っていて、天辺にある釣り鐘で人々に時刻が伝えられるのだ。

そこから、鐘の音が町に響き始める。

やばい、約束の時間だ。

俺は武器屋の親父さんとフィアーナさんに教わった道順で、町の東端にあるフェロルクの大迷宮に向かう。

親父さんが言うには、迷宮の入り口は町を囲む壁よりもさらに高い壁で囲まれていて、万が一魔物が外に出てきても対処できるようにしているそうだ。

壁に加えて、ジーナさんたち警備隊がしっかりとガードしているらしい。

ジーナさんもそうだが、警備隊にはかなりの腕利きの人がいるという話だ。

俺が急いで迷宮を囲む壁に向かって走っていくと、その入り口には朝早いにもかかわらず、沢山のパーティが集まっていた。

あ、いたいた。リアナとエリスだ！

大きなとんがり帽子をかぶったエリスと、白いローブに身を包んだリアナが見える。

俺は、二人に駆け寄りながら声をかけた。

「リアナ、エリス、おはよう！　今日は頑張ろう!!」

息を弾ませる俺を見て、リアナはクスクスと笑って返事する。

「ええ、エイジさん。頑張りましょう！」

リアナはやっぱり可愛い。白いローブで顔は少し隠れていても、周りから注目を集めている。

「何だよ、あの子たちのパーティメンバーってあいつか？　さっき誘ったのに断られたもんな」

「くそっ！　上手いことやりやがって」

「あのブロンドの子もそうだけど、赤毛の子も可愛いよな。性格はきついが」

俺たちと同じEランクのプレートを提げた何人かの冒険者が、エリスとリアナを見て口々に言い合っていた。

その言葉を聞いて、エリスは不機嫌そうに俺に文句を言う。

「エイジ、あんたが遅れたおかげで迷惑したのよ。謝りなさい！」

多分、二人に声をかけた冒険者たちを追い払ったのはエリスなのだろう。

顔は可愛くても、これだからな。

二人とあの冒険者たちの間に距離があるのは、きっとエリスがあいつらに何か暴言を吐いたからに違いない。何だか少し同情する。

八つ当たりもいいところだが、迷宮に入る前から揉めるのは勘弁なので、俺は素直に謝っておくことにした。少し遅れたのは事実だし。

「悪かったよ。エリス、ごめんな」

「……分かればいいのよ。でも、装備の約束は守ったみたいね」

そう言ったエリスの隣で、リアナは俺の姿を頭の先から足元まで眺めて微笑む。

「その格好、素敵ですよ。エイジさん」

「そ、そうかな」

リアナは良く分かってる。俺は褒められて伸びるタイプなんだ。

少し照れている俺の様子に、エリスは肩を竦めた。

「私とリアナはもう戦闘用のパーティを組んでいるわ。私がリーダーだから、早くパーティの申請をしてちょうだい。時間がもったいないわ」

パーティの申請？　何だそれは。

戸惑う俺の顔を見て、エリスは呆れたように言った。

「もしかしてあんた、パーティを組んだことがないの？」

それを聞き、リアナも少し驚いた表情で俺を見つめる。

俺は苦笑いをして頷いた。

「ちょっと、あんたってホントに何も知らないのね」

「まあそう言うなって。エリス、俺にパーティの申請の仕方を教えてくれよ」

すると、エリスは偉そうにコホンと咳払いをする。

「昨日と違って、今日はやけに素直じゃない。いいわ、仕方ないから教えてあげる」

エリスの性格に慣れてきたお蔭で、扱い方が分かってきた。

俺はエリスが視線を逸らした隙に、そっと肩を竦める。

そんな俺の気持ちを察したのか、リアナは、クスクス笑いながらこちらを見ていた。

「ちょっと聞いてるの、エイジ！」

思わずリアナの笑顔に見惚れていた俺を、エリスが睨む。

俺は緩んだ表情を少し引き締めた。

「ああ、もちろん。聞いてるよ」

そう答えると、エリスは満足そうに頷き、小さな胸を張って言った。

「それじゃあ、これから私の言う通りにしなさい！　まずはリーダーの私に、仲間になりたいと念じるのよ」

エリスが説明してくれたパーティの組み方は簡単だった。

戦闘用のパーティを組むには、特別な魔法があるそうだ。一緒に行動することで、戦闘で得た経験値を共有できる魔法。名前を『エクスペリエンティア』と言うらしい。

「だから、戦闘用のパーティには必ず魔法使いが一人必要になるの。パーティリーダーも自然と魔法使いがやることになるわね」

「へぇ、なるほどね。便利な魔法があるんだな」

俺が感心して言うと、エリスは得意げに頷く。

エクスペリエンティアを使用しないと、冒険者としてパーティを組んでいても――つまり一緒に仕事を受けたり、寝食をともにする仲間になっていたりしても――経験値を共有することはできない。

逆にいえば、一時的な協力関係であっても、エクスペリエンティアを使えば、戦闘で入った経験値を皆が得られるわけだ。

ちなみに、戦闘では生産職のレベルは上がらない。

だが、リアナのような回復職の場合は戦闘で経験値を共有できるらしい。

アンデッドには回復魔法のヒーリングでダメージを与えられるそうだから、特殊な戦闘職と位置づけられているのかもしれない。

「さあ、早くしてちょうだい」

「ああ、分かった」

俺はエリスに向かって心の中で念じる――仲間になる、と。

その直後、頭の中で声が響いた。

『パーティ：パーティ構成を変更しました。初級魔道士LV6エリス（リーダー）、初級治療魔道士LV5リアナ、初級剣士LV5エイジ』

これでパーティが組めたらしい。

リアナがにっこりと微笑み、エリスは腰に手を当てて笑みを浮かべる。

「よろしくお願いします、エイジさん！」

「エイジ、よろしく頼むわね」

俺は二人に頷いた。

「こちらこそよろしくな。リアナ、エリス」

そうして俺たちは迷宮を囲む壁の出入り口に向かい、警備隊の兵士に冒険者の証を見せる。

すると兵士が台帳を差し出したので、エリスが代表して三人の名前を書いた。

「Eランク三人のパーティだな、通っていいぞ」

兵士のその言葉に従って、俺たちは壁の中に入っていく。

凄え……。思っていたよりもずっと大きいな。迷宮を囲む壁の中に、小さな村を作れそうだ。

実際、壁に囲まれた迷宮の最上部の面積は、数キロ四方はあるだろう。大迷宮と呼ばれる理由が分かる。

しかし、地上に出ている部分は、迷宮というより巨大な遺跡のように思える。

いくつかの出入り口が見えるので、そこから地下へ入るのだろう。

その出入り口の周辺には、やはり警備隊の人たちが立っていた。

残念ながら、ここにもジーナさんの姿は見当たらないが、幸いなことにロートンの姿もない。

俺はほっと一息つく。

いくつかある迷宮への入り口のうち、エリスは最も近い一つを指さした。

「初心者用の入り口の一つよ。でも、モンスターはいるから気をつけてね」

エリスの説明によると、迷宮の入り口には初心者用のものがいくつかあるそうだ。

それらは、浅い階層のどこかで道が崩れていて、迷宮の深層に通じていないらしい。

「万が一、迷宮の深層から迷い込んだ強力な魔物に出くわしたら、今の私たちでは逃げられないもの。滅多にない話だけど、レベルが低いうちは用心するに越したことはないわ」

「だよな」

確かに何かの間違いで深層の魔物に遭遇したら、初級剣士の俺ではどうしようもない。

俺たちが初心者用の入り口の一つに近づくと、そこに立っている警備隊の兵士に再度冒険者の証の提示を求められた。こうしてプレートの色を見て、実力に合った入り口を選んでいるか確認しているのだろう。

確認が終わり、兵士は俺たちを通してくれた。

ここから先は迷宮か……何だか緊張するな。

入り口の脇にある岩は苔《こけ》むしている。

初心者用だけあって、周囲にあまり人の姿は見えない。

大金目当てなら、深層に続く入り口から潜る必要があるのだろう。

だが、死んでしまっては元も子もない。

今回の目的はレベル上げ。お宝は二の次だ。

迷宮に入ると、当然だが中は薄暗い。外よりも少し涼しいが、湿度があって少し土臭く感じた。

エリスは手にした杖を構えた。そして、静かに言葉を紡《つむ》ぐ。

「我命ず。大気に宿る精霊よ、集《つど》いて我が道を照らせ」

エリスの周りに淡い光が浮かび、少しずつ集まっていく。

まるで、蛍のようだ。

その明かりに照らし出されたエリスは、とても綺麗だった。

燃えるような赤い髪が揺らめいて、整った顔立ちが一層美しく見え、幻想的な光景によく映える。

光をまとう華奢《きゃしゃ》な身体と、澄んだ声を紡ぎだすその唇は可憐で美しかった。

やっぱりゲームや映画で見る魔法と、実際に見るのでは全く違う。

光が一層輝きを増すと、再びエリスの声が周りに響いた。

「道を照らす光よ、我とともにあれ。ライトーラ！」

エリスの詠唱が終わり、彼女の周りに集まっていた光が辺りに広がっていく。

そして、俺たちの前に、迷宮の通路がはっきりと浮かび上がった。

道幅は意外と広く、奥までずっと続いている。

凄え……これが魔法使いか！

まるで明かりをつけた部屋のように、周りが見渡せる。

俺は興奮して、思わずエリスを称賛した。

「凄いな！　光に囲まれてるエリスの姿、めちゃくちゃ綺麗だったよ！」

素直な感想を言ったというのに、なぜかエリスは俺を睨む。

「な！　何よ、オーバーなんだから」

「いや、本当に綺麗だと思ったから言っただけだろ？」

魔法に縁のなかった俺からしたら、オーバーでも何でもないんだけどな。

「ば、馬鹿じゃないの！」

照れているのか、淡い光に照らし出されたエリスの頬は、心なしか赤らんでいるように見えた。

褒めてみるもんだ。いつもこうなら、エリスも可愛いんだけどな。

そっぽを向いていたエリスは軽く咳払いをして、俺に言う。

「魔物が現れたら、剣で戦ってよね。敵の隙を突いて、私が後ろから援護するから」

なるほど、このあたりはロールプレイングゲームと同じだな。

剣士が前衛で、魔法使いが後衛からの補助。

俺は頷いて、二人を守るように前に進み出る。

すると、エリスはリアナにも指示をした。

「リアナは、もし誰かが怪我をしたらすぐに回復して。それから補助魔法をみんなに」

リアナは緊張で少し顔が強張《こわば》っているが、杖を握りしめて頷く。

「う、うん。やってみるわ！　エリス、エイジさん、いきますよ」

リアナはそう言うと、こちらを向いて杖を構えた。

彼女は美しい声で呪文を唱え始める。

両手で祈るように杖を握るその姿。

白薔薇《しろばら》の花びらみたいに清楚な唇が、言葉を紡ぎだす。

華奢な身体が白く淡い光に包まれていき、リアナの可憐な顔を隠しているローブが、彼女を中心として流れる緩やかな風に靡《なび》いていた。

綺麗だな……。でも、エリスの力とは少し違う気がする。

リアナに相応《ふさわ》しい、優しさと清らかさを感じる。

聖なる力、と言ったらいいのだろうか。

ブロンドの髪が、いつにも増して光り輝いている。その姿は地上に降り立った天使のようだ。

エリスの時も思ったが、魔法を使っている時の二人の姿はとても美しい。

身体から溢れる魔力が、そう感じさせるのだろうか。

リアナが俺たちの方へ杖を掲げた、その瞬間――

白い光が俺たちを包んだ。

リアナの唇が宣告する。

「神の御力により、我と我の仲間たちを守りたまえ！　ブレス!!」

光を放つ自分の身体を見て、俺は思わず声を上げた。

「おお！　何だこれ！　身体に力が漲《みなぎ》る!!」

これがエリスの言っていた、補助魔法ってやつだろうか？

自分の力が増しているのをはっきりと感じた。

そうだ、確かめてみるか。

俺はオープンステータスと念じて、自分の状態を確認する。

名前：エイジ
種族：人間
職業：初級剣士ＬＶ５
セカンドジョブ：木こりＬＶ３
転職可能な職業：初級剣士ＬＶ５、木こりＬＶ３、木工職人ＬＶ１
ＨＰ：８０（７０**＋１０**）　ＭＰ：２０（１０**＋１０**）
力：３３（２８**＋５**）　体力：２９（２４**＋５**）
魔力：１２（７**＋５**）　知恵：１７（１２**＋５**）
器用さ：２３（１８**＋５**）　素早さ：２６（２１**＋５**）
幸運：１６（１１**＋５**）
スキル：**【**斧装備**】【**剣装備**】【**踏み込み**】【**袈裟斬り**】**

魔法：なし
特殊魔法：時魔術【時の瞳】【加速】
加護：時の女神メルティの加護【習得速度アップＬＶ１０】【言語理解】【鑑定眼】【職業設定】
称号：なし
パーティ効果：【習得速度アップＬＶ１０】（所持者エイジ）

凄いな、これ！

リアナのブレスの効果で、ステータス全体が結構上がってる。

「ありがとう！　凄いな、リアナの力って」

「ふふ、エイジさんって、褒めるのが上手ですね。怪我をしても私が回復しますから、安心して頑張ってください！」

そう言って笑うリアナが可愛い。こんな笑顔で「頑張ってください！」なんて言われたことがないから、自《おの》ずと気合が入る。

そういえば、ステータスには一つ項目が増えている。最後の『パーティ効果』ってやつだ。

そこには、俺が持っているメルティの加護の一つ、習得速度アップＬＶ10が記されている。

なるほど、習得速度アップＬＶ10はパーティ全体に効果があるんだな。経験を共有するわけだから当然なのかもしれない。

つまり、エリスやリアナも俺と同じように成長が速くなるわけだ。
まあ、別にいいか。二人の目的はレベル上げなんだから、かえって好都合だよな。
そう言えば、二人のステータスとか能力ってどうなんだろう？
黙って覗き見るのは悪い気もするけれど、仲間の能力を把握するのも大事だと思う。
いざという時に、お互いの命に関わるもんな。
ごめん！　エリス、リアナ。ちょっと見せてもらうよ。
まずはエリスからだ。

名前：エリス
種族：人間
職業：初級魔道士ＬＶ６
ＨＰ：４５（３５＋**１０**）　ＭＰ：５５（５５＋**１０－１０**）
力：１２（７＋**５**）　体力：１９（１４＋**５**）
魔力：３７（３２＋**５**）　知恵：３５（３０＋**５**）
器用さ：２５（２０＋**５**）　素早さ：２２（１７＋**５**）
幸運：１６（１１＋**５**）
スキル：【杖装備】

魔法：初級魔法【エクスペリエンティア】【ライトーラ】【ファイヤーボール】【アイスボール】
【ストーンバレット】【ウインドカッター】
特殊魔法：なし
加護：なし
称号：なし
パーティ効果：【習得速度アップLV10】（所持者エイジ）

ＭＰの項目の『－１０』っていうのは、消費した分みたいだな。

俺はエリスの魔法の項目を鑑定眼で確認する。

『魔法：エクスペリエンティア　パーティを構成し経験を共有する。ＭＰ消費５』

『魔法：ライトーラ　暗闇を照らし出す。ＭＰ消費５』

『魔法：ファイヤーボール　魔力で炎の玉を作りそれで敵を攻撃する。術者のレベルが上がるごとに威力増大。ＭＰ消費３』

『魔法：アイスボール　魔力で氷の玉を作りそれで敵を攻撃する。術者のレベルが上がるごとに威力増大。ＭＰ消費３』

『魔法：ストーンバレット　魔力で石の弾を作りそれで敵を攻撃する。術者のレベルが上がるごとに威力増大。ＭＰ消費３』

『魔法：ウインドカッター　魔力で風の刃を作りそれで敵を攻撃する。術者のレベルが上がるごとに威力増大。ＭＰ消費３』

凄いなエリス、色んな種類の魔法が使えるんだ。

やっぱり怒らせたら大変なことになりそうだ。触《さわ》らぬ神に祟《たた》りなしである。

次は、リアナのステータスを見る。

名前：リアナ
種族：人間
職業：初級治療魔道士ＬＶ５
ＨＰ：４０（３０**＋１０**）　ＭＰ：５５（５５**＋１０ｌ１０**）
力：１１（６**＋５**）　体力：１８（１３**＋５**）
魔力：３２（２７**＋５**）　知恵：３５（３０**＋５**）
器用さ：２５（２０**＋５**）　素早さ：２０（１５**＋５**）
幸運：１７（１２**＋５**）
スキル：【杖装備】
魔法：初級治癒魔法【ヒーリング】【キュアコンディション】【キュアポイズン】【ブレス】
特殊魔法：なし

加護：なし
称号：なし
パーティ効果：【習得速度アップLV10】（所持者エイジ）

治癒魔法は四つか。

俺は鑑定眼で内容を見る。

『治癒魔法：ヒーリング　聖なる力で自分や仲間のHPを回復する。術者のレベルが上がるごとに回復量アップ。アンデッドにはダメージを与える。MP消費5』

『治癒魔法：キュアコンディション　聖なる力で自分や仲間の状態異常を回復。ただし呪いや毒には効果がない。MP消費5』

『治癒魔法：キュアポイズン　聖なる力で自分や仲間の毒を解毒する。猛毒の解毒には数度の使用が必要な時もある。MP消費5』

『治癒魔法：ブレス　聖なる力で自分や仲間のステータスを一時的に引き上げる。呪詛《じゅそ》への抵抗力強化。MP消費10』

HPだけじゃなくて、毒や状態異常も回復できるのか。味方にいると頼もしいな。

エミリアさんがこの依頼を勧めてくれたのも納得だ。二人とパーティが組めてラッキーだった。

俺がそう思ったその時――

エリスの声が、後ろから響いた。

「二人とも、気をつけて！　来るわよ!!」

俺は周囲を警戒し、腰に提げていた剣を鞘から抜いた。

10　魔物との遭遇

通路の奥から、大きな芋虫のような生き物が二匹、こちらに這《は》ってきている。

やばい、でかすぎだろ！

芋虫といっても、見たこともないほどの大きさだ。遠目にも、人間の大人が寝そべったくらいはあるように思えた。

太さも大人の腕で一抱え程度あって、迫力がある。

額《ひたい》には鋭い黄色の角が生えていて、あれで貫かれたら深手を負うだろう。

こいつ……『ビッグキャタピラー』って奴か！

昨夜、エミリアさんに貰ったEランク冒険者用の手帳を読んで、迷宮の上層にいる魔物は頭に入れてある。

ビッグキャタピラーもそこに描かれていたが、やっぱり絵と実際に見るのとでは大違いだ。

だが、そんな悠長なことを考えていられたのは一瞬だけだった。

「グルゥウウウウ!!」

そのうちの一匹が頭を持ち上げて、唸り声を上げる。

そして、こちらに向かって糸を吐いた。

「きゃぁああああ!!」

リアナが思わず声を上げるが、糸は俺が左手に構えた盾でなんとか防ぐ。

「やるじゃない、エイジ!」

エリスの賞賛を聞きつつも、俺はビッグキャタピラーを見据えて警戒を続けた。

親父さんの防具がなかったら、ヤバかったなこれは。

なかなか丈夫な糸だ。これに絡め取られたら、身動きできなくなるだろう。

俺の後ろから、エリスが呪文を詠唱する声が聞こえる。

その声がやむと、背後に熱気を感じた。

「行くわよ、ファイヤーボール!!」

エリスは軽やかに右側に跳び、俺に当たらない角度で巨大芋虫にファイヤーボールを放つ。

慣れた動きを見るに、どうやらエリスは戦闘の経験があるようだ。

「グギャォオオオオン!!」

苦しそうに吼《ほ》えて、巨大な芋虫は炎に包まれる。

それを見て一瞬たじろいだもう一匹に、俺は斬りかかった。

初級剣士のスキル、踏み込みを使って、一気に距離を詰める。

「うぉおおお!!」

相手に肉薄したその瞬間――

俺は袈裟斬りのスキルを、芋虫の胴体目がけて発動した。

ザンッ!!

ほとんど抵抗を感じずに、剣はビッグキャタピラーの体を斬り裂く。

もちろん、初級剣士の俺の実力で、というわけではない。武器の切れ味がとてつもなく良いのだ。

親父さん! 凄いよこの剣!!

リアナが俺のすぐ後ろに駆け寄る。

「凄いです、エイジさん!」

「ああ、この剣のお蔭さ」

俺は手にした剣を、しっかりと握りしめた。

踏み込みからスムーズに袈裟斬りを使えたのは、昔やっていたMMOゲームのスキルの連携を意識したからだ。

相手との距離を詰めるスキルを使い、タイミングよく攻撃用のスキルを繰り出す。

二つのスキルを連携させて一つの技に変えるという手法はゲームの中ではよくあるが、当然、自分の身体を使って実践する機会なんてなかった。

だから今日の朝、少し早く起きて何度も練習したんだ。

頭でイメージしたように、自分が動けるかどうかを。

親父さんやフィアーナさんが、俺に手渡してくれた大切な剣。

未熟なのは自分でも分かっているけど、この剣に恥ずかしくない戦いをしたい。

初級剣士だし、まだまだこの剣を使うには相応しくないんだろうけどさ。

エリスが、杖を手にこちらを見ながら言った。

「やるわね、エイジ！　口だけかと思ったら、腕は悪くないのね」

エリスの奴……『口だけ』はいらないだろ？

二匹の芋虫が完全に息絶えた瞬間、頭の中に声が響く。

『敵：ビッグキャタピラーを二匹倒しました』

『職業：初級剣士がLV6になりました』

『パーティ：パーティメンバーのレベルが上がりました。エリスが初級魔道士LV7、リアナが初級治療魔道士LV6になりました』

早速レベルアップか、いい感じだな。

「やったな二人とも！」

俺は思わず興奮して、エリスとリアナを振り返った。

だが、二人は不思議そうに顔を見合わせている。

「え？　どうして……」

困惑気味のエリスに、リアナが嬉しそうに抱きついた。

「凄い凄い！　エリス！　迷宮ってこんなにすぐレベルが上がるのね‼」

エリスはリアナに抱きつかれたまま、何と答えていいのかと困っているような顔をしている。

そうか、二人は知らないんだよな。パーティ効果に俺の習得速度アップＬＶ10が付いていること。

鑑定眼がない二人に、そんなことを知る由はないだろう。

「おかしいわね。いくら初級職でも、ビッグキャタピラー二匹程度でレベルが上がるなんて」

まあ、二匹じゃなくて二十四倒したのと同じだからな。

そんなことを考えていると、奥から何かが羽ばたく音がした。

危険を察知した俺は、二人に向かって叫ぶ。

「二人とも、何か来るぞ‼」

エリスとリアナは、ハッとして前を見た。

前方からやってきたのは、一匹のビッグキャタピラーと空を飛ぶ黒い影だ。

まるで巨大な蝙蝠《こうもり》。体の大きさは握り拳ほどだが、羽は広げたら二メートル以上あるだろう。

脚が異常に長く、その先に鋭い爪が生えていた。

巨大蝙蝠は、もの凄いスピードで俺に向かって突進してきた。

それを、すんでのところで身を捩《よじ》ってかわす。

「痛っ!!」

だが、よけきることはできなかった。俺の頬に赤い筋《すじ》が走る。

空を飛ぶ黒い影の爪が、頬を掠めて浅く裂いたのだ。

「気をつけて！　ブラッドバットよ!!」

俺は空を飛ぶ黒い影に向き直り、剣を振り回すが当たらない。

そうこうしているうちに、ビッグキャタピラーはエリスとリアナに近づいていく。

やばい！　クソ！　剣だと飛んでいる敵には不利か!?

巨大な黒い影は、俺の頬を流れる血を見て興奮したのか、先ほどよりも激しく羽ばたき、ぐるぐると飛び回っている。

冒険者手帳には、こいつは迷宮に迷い込んだ生き物の血を求めて飛び回る魔物だと書いてあった。

「くそ！　これでも喰《く》らえ!!」

俺は、顔の周りを飛び回るブラッドバットを盾で叩き落とした。

丈夫で軽い盾は、武器としても使えるようである。

「ギィイイイイ!!」

長い脚の先の爪を振り回して暴れるブラッドバットを、そのまま盾で押しつぶす。

俺は、魔物の断末魔の痙攣《けいれん》を盾越しに感じた。

――二人は⁉


振り返ると、エリスが杖でリアナを守りながら糸まみれになっている。

魔法を使おうにも、呪文を唱える隙がないのだろう。

「エリス！　リアナ‼」

俺は剣を掴み直すと、背後からビッグキャタピラーを袈裟斬りのスキルで斬り裂いた。

「グギャォオオオオオオンン‼」

くそ！　焦ったな。浅かったか！

慌てたために踏み込みが足りず、致命傷にはなっていない。

体を斬られてメチャクチャに暴れる巨大な芋虫は、今度は俺に糸を吹きかけた。

それを盾で防いでしのいだ後、背後からエリスの詠唱が聞こえてくる。

横目で見ると、赤い髪の魔法使いは杖をこちらに向けた。

「エイジ！　そいつから離れて‼」

その指示通り、俺は地面を転がってビッグキャタピラーと距離を取る。

その直後、巨大な芋虫は炎に包まれた。エリスのファイヤーボールだ。

「はぁ……はぁ……。助かったわ、エイジ」

俺は、べっとりと白い糸が絡みついたエリスの顔を見て、思わず赤面した。

リアナを見ると、彼女にもべったりと白い糸が絡まっている。

なんだかちょっとエッチだ……。

『敵：ビッグキャタピラーを一匹、ブラッドバットを一匹倒しました』

『職業：初級剣士がLV7になりました』

『職業：初級盾使いがLV3になりました。【範囲防御】を覚えました』

『パーティ：パーティメンバーのレベルが上がりました。エリスが初級魔道士LV8、リアナが初級治療魔道士LV7になりました』

盾使いか。そんな職業もあるんだな。

俺は早速ステータスを開いて、セカンドジョブに盾使いを設定する。

初級剣士の方がレベルが高いから、盾使いはセカンドの方がいいだろう。

名前：エイジ
種族：人間
職業：初級剣士LV7
セカンドジョブ：初級盾使いLV3
転職可能な職業：初級剣士LV7、初級盾使いLV3、木こりLV3、木工職人LV1
HP：100（90**+10+10−10**）　MP：22（12**+10**）
力：43（38**+5**）　体力：37（32**+5**）

魔力：13（8＋5）　　　　知恵：23（18＋5）
器用さ：31（26＋5）　　　素早さ：34（29＋5）
幸運：18（13＋5）
スキル：【剣装備】【踏み込み】【袈裟斬り】【範囲防御】
魔法：なし
特殊魔法：時魔術【時の瞳】【加速】
加護：時の女神メルティの加護【習得速度アップLV10】【言語理解】【鑑定眼】【職業設定】
称号：なし
パーティ効果：【習得速度アップLV10】（所持者エイジ）
状態異常：毒（弱）1分ごとにHPが5減少

盾使いはまだレベルが3なのに、初級剣士よりもHPが高いようだ。職業による補正値が『＋10』ついている。

新しく覚えたスキル、範囲防御についても確認する。

『スキル：範囲防御　周囲に防御結界を作り出す。ただし使用時攻撃不可。相手の攻撃によっては破られる』

なるほどな、守りに徹する必要がある時に便利そうだ。

ん？　待てよ、新しい項目がある！　状態異常……そうか。

俺は頬の傷に手を当てる。

ＨＰが『－１０』になっているのは、どうやらこの傷と毒の影響のようだ。

綺麗に磨かれている盾に自分の顔を映すと、ひどく腫《は》れていた。

「エイジ！　大丈夫⁉」

自分に絡みついた糸を剥《は》がしていたリアナが、俺の様子に気づいて駆け寄ってくる。

「ちょっと引っかかれたみたいだ、毒が……」

リアナは心配そうに俺の顔を覗き込む。

走ってきたせいで、ローブのフードが脱げて綺麗なブロンドが露《あらわ》になっている。

「動かないで、毒が回ってしまうわ！　今解毒するから」

リアナはそう言って杖を右手に持つと、身体を寄せて左手で俺の頬の傷に触れた。

柔らかいリアナの手のひらの感触が、そこから伝わってくる。

ちょ……近いってリアナ！

整った鼻梁《びりょう》と澄んだ瞳。そして抜けるように白い肌。

傍《そば》にいると、とても良い香りがする。

そんな不埒《ふらち》なことを考えていると、リアナの身体は白く清らかな光に包まれていく。

「我、聖なる力にて毒に侵されたる汝《なんじ》を清めん！　キュアポイズン‼」

リアナの手のひらから、清らかな力が注ぎ込まれるのが分かる。

同時に、身体から不快感が消えていき、頬の痛みも引いた。

これが解毒か、凄いな……。あんなに腫れていたのに、もう痛みもない。

よく考えてみると、毒は怖い。迷宮の中で解毒ができなければ、いずれは瀕死《ひんし》になった挙句《あげく》、魔物の餌食《えじき》になっていただろう。

俺は今さらながら恐ろしくなり、身震いした。

「ありがとな、リアナ！」

俺はそう言いながら、お礼代わりにリアナのブロンドや背中側のローブに付いた白い糸を取ってやる。自分で取るのは大変そうだからな。

「あ、ありがとうエイジ！　……あ、エイジさん」

俺の様子を見て慌てていたからだろう、リアナが俺を呼ぶ時、エイジさんからエイジになってたようだ。

それに気がついて、わざわざ言い直してくれたのだが……。

「リアナ、俺たちってもう仲間だろ？　もしよかったら、エイジって呼んでくれないかな。その方が気が楽だし」

俺も『リアナ』って呼んでいるから、呼び捨てにしてもらった方が嬉しい。

それに戦いの最中にお互いを呼び合うなら、『さん』付けじゃない方が絶対に速いだろう。

リアナは少し迷ったようだが、コクリと頷く。そして、恥ずかしそうに少し頬を染めて言った。

「うん。よろしくね、エイジ！」

うわ……メチャクチャ可愛いんだけど。

自分で頼んだにもかかわらず、俺は思いっきり赤面してしまった。

こんなに可愛い子に、上目遣いで『エイジ』って呼ばれるインパクトはもの凄い。

俺は思わず咳払いをして、目を逸らした。

すると、エリスも綺麗な赤い髪や背中にべったりとついた白い糸と格闘していた。

「エリス、俺が取るよ。一人じゃ無理だろ？」

そう言うとエリスは手を止めて俺を睨みつけたが、やがて、つんと澄ました顔で黙って頭を突き出した。

「いいわ、取らせてあげる。魔物がまた来るかもしれないから、早くしなさい！」

ふう……エリスは相変わらずだよな。

俺は周囲を警戒しながら、エリスの頭についたビッグキャタピラーの糸を取っていく。

赤い髪についた糸を丁寧に剥がしていると、エリスが話しかけてきた。

「ねえエイジ。やっぱり変だわ、またレベルアップするなんて。貴方もそう思わない？」

訝《いぶか》しげに問われて、俺はどう答えたものかと迷いつつ、曖昧《あいまい》に同意した。

「あ、ああ。そうだな」

俺たちの会話を聞いて、隣にいたリアナが首を傾げる。

「どうしたの？　二人とも」

エリスが言ってるのは、レベルが上がるのが速すぎるってことだよな。

実際は、ビッグキャタピラーを三匹、ブラッドバットを一匹しか倒してない。

でもメルティの加護があるから、俺たちはビッグキャタピラーを三十匹、ブラッドバットを十匹倒したことになっているわけだ。

だから、俺からすればおかしくはないのだが……。

その時、通路の先から、またビッグキャタピラーが二匹やってくるのが見えた。

「来るぞ、エリス。話は後にしないか？」

「そうね、ゆっくり話をしている暇はなさそうだもの」


俺たちは結局、そのまま迷宮の中で戦闘を続けた。

エリスたちはＭＰが切れると、腰の小道具入れから小さな瓶を取り出して、中身の液体を飲んでいた。ＭＰを回復するポーションらしい。

まだ初級魔道士なのでＭＰが少なく、それほど高いものを買わなくてもいいのだとエリスは言っていた。回復量が多いポーションほど、高価なのだそうだ。

数十匹の魔物を倒した頃、俺はエリスに声をかける。

「なあ、エリス。もう十分レベルは上がったし、今日はこれくらいにしないか？」

リアナが少し疲れているみたいだから心配だ。

約束の期間は一週間あるのだから、そんなに焦る必要もないだろう。

「エイジ、もう少しだけお願い。どうしてか分からないけど、ここまで簡単にレベルが上がるなんて。こんなチャンス、もうないかもしれないもの！」

「私も、まだ頑張れます！」

リアナも、ローブで頬の汚れを拭きながらそう言った。

うーん……俺とパーティを組んでる間はずっとこうなんだから、心配はいらないんだけどな。

思いがけずガンガンレベルが上がり、二人とも喜んで戦闘に臨んでいた。

できるだけ沢山レベルを上げるために頑張りたいと言って、なかなか切り上げようとしない。

それにしても、エリスもリアナも、どうしてここまでしてレベルを上げたいんだろうな？　何か理由があるんだろうけど……。

詮索しない約束だが、やっぱり気にはなる。


結局、俺たちは昼過ぎまで迷宮の中にいた。

迷宮を出ると、そこに立っていた警備隊の人が労をねぎらってくれる。

その槍を持った若い兵士は、細身で頼りなく見えるが、気の良さそうな人だった。

「だいぶ魔物を退治してくれたみたいだな。初級の冒険者がいない時は、俺たちが代わりにやらないといけないから助かるぜ」

迷宮から地上に魔物が出るのを防ぐため、上層部では定期的に狩りが行われているらしい。

特に、ブラッドバットの数が増えないように注意を払っているそうだ。

確かに、あんなのが夜の町を飛び回っていたら大変だろう。

迷宮の入り口は、夜もしっかりと警備隊の人間が見張っているようだ。

深層に続く入り口から、時々、あり得ないような強さの魔物が地上に出てきて、討伐をする際に、警備隊の兵士であっても大怪我をしたり、場合によっては命を落としたりすることもあるという。

それを聞くと、迷宮に入るのは命がけであると、改めて痛感する。

ジーナさんは、地上に出てきた強力な魔物を、何匹も倒しているらしい。若くして警備隊の隊長になったのは、その功績があったからだそうだ。

俺の場合、そんな奴に出くわしたら最後だな。

初心者向けの出入り口は深層に繋がっていないから、そんな心配いらないと思うけど。

危険な魔物が這い出る心配がないからか、入り口を守る兵士もさっき俺たちに声をかけてくれた若い男性一人だけだ。

初心者用の入り口は他にもあるが、やはり警備はそれほど厳しくない。

一方で、遠くに見える中級者や上級者用の入り口には、多くの冒険者が出入りしていた。

入る前にも思ったが、この迷宮は何かの遺跡のように見えるけれど、実際どうなんだろうか？

フェロルクの町の建造物とは、造りが明らかに違う。

一体、誰がいつ造ったものなのだろう？

そんなことを考えながら、迷宮を囲む壁に向かって歩いていると、エリスが嬉しそうに話しかけてくる。

「ねえ、エイジ、リアナ。今の私たちのレベル、いくつになったか分かってる？　こんなことあり得ないわよ！」

興奮気味のエリスは、杖を強く握りしめてそう言った。

喜びに溢れて笑うその姿は、いつもの澄ました表情とは違い、年相応で可愛い。

いつもこんな風に笑えばいいのにな。

もちろん、口に出したらまた怒られるので黙っておく。

エリスに続いて、リアナも声を弾ませて言った。

「私、もう初級治療魔道士のＬＶ15だわ。朝がＬＶ５だったから、今日だけでレベルが10も上がったことになるのね」

「ええ、私だって初級魔道士ＬＶ16よ。たかだか、上層の魔物を数十匹倒しただけでね。普通なら2、3上がればいいところなのに。これなら、あと二、三層は下の階にいけるわね」

最初は敵を倒すたびにレベルが上がったのだが、さすがにＬＶ10以上になるとそうもいかなかった。

それでも、俺も初級剣士ＬＶ15になっている。

……どうする？　下の階に行けば、またレベルがガンガン上がるだろう。

一週間もずっとレベルが上がり続けるなんて、さすがに不自然だよな。

魔物を数十匹倒したってことはつまり、数百匹分の経験値を得たことになる。レベルが上がるのは当然だ。

変に疑われるよりは、エリスやリアナには話しておいた方が良いかもしれない。

これから毎日一緒にパーティを組むのに、隠し通すなんて無理だもんな。

そうと決まれば早いうちに言った方がいい。リアナもエリスも、俺にとっては初めての仲間なんだし。

そう考えた俺は、二人に秘密を打ち明けようと振り返る。

その時――聞き覚えのある男の声が辺りに響いた。

「探したぜ、坊主」

その声の主を見て、俺は唇を噛んだ。

くそ！　こいつ……。

右手に槍を持った巨体が、こちらに向かって歩いてくる。

俺の前で立ち止まると、憎々しげな目で見下ろした。

「昨日は、よくも恥をかかせてくれたな。ジーナ隊長は分かっちゃいねえ。俺がこんなガキに負けるなんてありえねえんだよ！」

それは、俺がこの町に入ることに反対して槍を突きつけた男。

ロートンだった。

11　ロートンとの戦闘

ロートンはそう言うと、手にした槍を威嚇《いかく》するように構えた。

そしてエリスやリアナに視線を向け、下品な笑みを浮かべる。

「女連れで迷宮でお遊びか？　色気づきやがって。まだ尻の青そうなガキのくせに、なかなかいい女を連れてるじゃねえか」

その言葉を耳にして、エリスが烈火《れっか》のごとくロートンに怒鳴る。

「何なのよあんた？　侮辱《ぶじょく》もいいところだわ！　もう一度言ったら、ただじゃすまないわよ‼」

「威勢のいい嬢ちゃんだ。だが、身の程をわきまえるんだな。嬢ちゃんはこのガキを置いて、さっさと消えな」

ロートンは余裕を見せて、口角を上げる。

「馬鹿にして……！　許さないわ！」

エリスはそう言うと、杖を構えて呪文を唱え始める。

炎が杖の先に灯り、次第に勢いを増していった。

まずい！

威嚇だとしても、ロートンには逆効果だろう。この程度で怯《ひる》むような奴じゃない！

案の定、ロートンが醜《みにく》く表情を歪《ゆが》めると、次の瞬間には奴の槍がエリスの頬を掠めた。

「エリス！」

「きゃああ！」

俺の叫びと、リアナの悲鳴が辺りに響く。

速い！

ジーナさんとは比較にならないが、踏み込みはなかなかの速度だ。

突然のことで、俺は全く動けなかった。

ロートンは、杖を構えるエリスを見下ろしている。

「あ？　どうただじゃすまないんだ？　俺はな、中級槍使いだぞ？　Eランクの冒険者ごときが、生意気な口を叩くんじゃねえよ‼」

そう言って、ロートンは力任せにエリスから杖を取り上げる。

「やめろ！　エリスは関係ないだろ！」

俺は慌てて駆け寄ろうとするが、ロートンに槍の先を向けられてその場に立ち尽くす。

ロートンの奴、どうやら中級槍使いらしい。

初級剣士の俺がまともにやり合っても、全く太刀打ちできないだろう。

杖を奪われ、エリスが怒りの声を上げる。

「返しなさいよ！　このデカブツ!!」

「何だと！　このクソガキが!!」

ロートンが杖を後方に投げ捨て、デカい手でエリスを平手打ちしようとした。

「きゃぁあああ!!」

勢いよく迫る巨大な手で叩かれそうになって、エリスの顔が青ざめる。

俺は咄嗟《とっさ》に二人の間に飛び込み、エリスを庇《かば》う。

「ぐぅ!!」

俺はロートンの手で激しく打ちすえられて、そのまま地面を転がった。

口の中に鉄の味が広がる。口内が切れただけでなく、鼻血も出ているようだ。

「エイジ！」

エリスは俺に駆け寄り、身体を起こすのを手伝ってくれた。

そして、鋭い視線でロートンを睨みつける。

「よくもエイジを！　絶対に許さない！」

今にも掴みかかろうとしているエリスを、俺は意識が朦朧《もうろう》とする中で止める。

「やめろ、エリス。駄目だ……」

あの巨体の一撃を喰らった衝撃で、目の前がクラクラする。

「エイジ！　しっかりして!!」

泣きそうな顔で心配するエリスに、俺は大丈夫だと告げた。

ロートンが俺たちを見下ろしている。

「弱《よえ》えな。くく、ジーナ隊長も見る目がねえぜ！」

すると、いよいよまずいと思ったのか、さっき俺たちと話をしていた若い兵士がこちらにやってきた。

「ロートンさん、あんた何やってるんですか！　ジーナさんに知れたら、ただじゃすみませんよ！」

「うるせええんだよ！　このひよっこが!!」

ロートンは槍の柄《え》で若い兵士を突き飛ばし、彼は為《な》す術《すべ》もなく地面を転がる。

「てめえも見てただろうが！　先に手を出そうとしたのはこのガキだぜ！　これはな、立派な正当防衛ってヤツなんだよ!!」

こいつは話が通じる相手じゃない。

どうあっても俺に難癖《なんくせ》をつけて叩きのめそうというのだろう。

だが、普通に戦っても勝ち目はない。

俺は空を見上げた。

傾き始めた太陽を見て、あることを思い出す。

そろそろか……一《いち》か八《ばち》かだ！

俺は立ち上がって、腰に提げた剣を抜いた。

「二人とも、下がってろ!!」

俺は、エリスとリアナに離れて欲しいと声をかける。

「「エイジ!!」」

怯えたような二人の声が聞こえる。

当然だろう、相手は中級の力を持った槍使いだ。

それに、目の前の巨体からは強烈な悪意が放たれており、思わず背筋が凍る。

くそ……ビビってるんじゃねえよ！　こんな奴に負けてたまるか!!

俺は自分を鼓舞《こぶ》し、目の前の男を睨み返す。

ロートンは槍を持ち直し、下卑《げび》た笑みを浮かべた。

「ガキのくせに女の前で強がりやがって。ボコボコにしてやるぜ、おらよ!!」

俺をいたぶるため、ロートンはあえて槍の柄で俺を突く。

「ぐっ!?」

鎧に覆われていない部分を狙われ、痛みに悶《もだ》えて肺の空気を吐き出す。

身体を折る俺を見て、エリスとリアナの叫び声があがった。

「エイジ！」

「いやぁああ!!」

俺は強烈な衝撃を受けて、一歩後ろに足を引いた。

そして、盾をしっかりと構え、身を守る。

ロートンが首を傾げる。

「ああん？　なんだそりゃあ。てめえ、剣士じゃねえのか？」

俺の周囲には、堅牢《けんろう》な青い防御壁が作られている。

その防御壁の中からロートンを見据え、相手の出方を窺うことにした。

青い防御壁を見て、ロートンは忌々《いまいま》しげに吐き捨てる。

「……てめえ。これは範囲防御か。剣士のお前がどうして盾使いのスキルを使える？」

ロートンの言う通り、俺が使っているのは初級盾使いのスキル、範囲防御だ。

なぜ使えるのか。それは俺の今のステータスがこうなっているからである。

名前：エイジ
種族：人間
職業：初級剣士LV15

セカンドジョブ：初級盾使いＬＶ１３
転職可能な職業：初級剣士ＬＶ１５、初級盾使いＬＶ１３、木こりＬＶ３、木工職人ＬＶ１
ＨＰ：１６０（１７０＋３０＋１０－５０）　ＭＰ：３０（２０＋１０）
力：８３（７８＋５）　体力：６９（６４＋５）
魔力：１７（１２＋５）　知恵：４７（４２＋５）
器用さ：６３（５８＋５）　素早さ：６６（６１＋５）
幸運：２６（２１＋５）
スキル：【剣装備】【踏み込み】【袈裟斬り】【範囲防御】
魔法：なし
特殊魔法：時魔術【時の瞳】【加速】
加護：時の女神メルティの加護【習得速度アップＬＶ１０】【言語理解】【鑑定眼】【職業設定】
称号：なし
パーティ効果：【習得速度アップＬＶ１０】（所持者エイジ）

初級盾使いのレベルは今13で、セカンドジョブに設定している。

範囲防御の効果は、以前に確認した通りだ。

『スキル：範囲防御　周囲に防御結界を作り出す。ただし使用時攻撃不可。相手の攻撃によっては破られる』

ロートンが防御結界に構わず槍の柄を突き出すと、それは結界のところでぴたりと止まった。

防御結界からは軋《きし》むような音が聞こえてきたが、少なくとも今の一撃は持ちこたえられるようだ。

迷宮の中でかけてもらったリアナのブレスの効果はまだ続いているものの、さっきの平手打ちと範囲防御を使う前にまともに喰らった槍の柄だけでＨＰが『－５０』となっている。

槍の先で本気の一撃を繰り出されたら、どうなるか分からない。

くそ！　まだか？

俺は範囲防御の青い結界の中から、もう一度空を見上げる。

昨日の『あの時』も、これぐらいの日の高さだったはずだ。

ロートンが槍を構えて笑う。

「面白れえ。なんで範囲防御を使えるのかは分からねえが、攻撃もできねえその状態でどうするつもりなんだ？　いつまでもつか、試してやるぜ!!」

ロートンは手にした槍で、亀のごとく防御する俺をいたぶろうと何度も打ちのめす。

二発、三発、四発……槍を受け止めるたびに、青い結界がピシリと音を立ててヒビ割れていった。

……駄目か。もう、もたない!!

ヒビが修復不可能な大きさになったのを見ると、ロートンはニヤリと笑って槍の先を俺に向けた。

だが、負けじと俺はロートンを睨みつける。

「何だその目は！　俺は最初からてめえが気に入らなかったんだよ！　クソガキが、二度と冒険者ができねえ身体にしてやるぜ!!」

「いやぁああ!!」

「エイジ!!」

エリスとリアナの叫び声が響く。

ロートンの槍の先が、範囲防御の結界を完全に壊して俺に迫る。

その一撃を何とかよけようとするが、槍の先は俺の肩に激しい衝撃を与え、肩当てを軋《きし》ませた。

「うぁあああああ!!」

経験したことのない痛みに、俺は歯を食いしばった。

防具がなければ、完全に肩の骨を折られていただろう。

ロートンが、勝ち誇ったように俺の前で仁王立ちしている。

「クソガキが。次は外さねえぜ。何も殺しゃあしねえ。だが利《き》き腕をぶっ壊して、一生苦しませてやるぜ」

俺の動きに加えて、範囲防御の結界が槍の狙いを逸らしたのだろう。

だが、もう俺を守るものはない。

残忍な笑みが俺の右腕を見ている。今度こそ、右腕を串刺しにしようとしているのだろう。

俺は肩の痛みで、一瞬気が遠くなった。

足元がぐらつく。

エリスが、悲鳴に近い叫び声を上げた。

「やめて！　逃げて、エイジ!!」

エリスの声は良く響くよな……目が覚めるぜ。

俺は冒険者になるって決めて、親父さんたちから大切な剣と防具を受け取ったんだ。

諦めてどうする！　こんな奴に絶対負けねえ!!

気合を入れ直し、盾をもう一度構えた。

今度は剣も添えて、しっかりと防御を固める。

美しく磨き上げられた剣の刀身には、俺の顔が映っていた。

それを見て、俺は笑った。

「あん？　……てめえ！　何笑ってやがる、自分がどうなるのか分かってやがるのか!!」

「ああ、分かってるさ。この勝負、俺の勝ちだってことがな！」

刃に映る俺の瞳は、黄金に輝いていた。

——まったく、長い一日だったぜ！

『時魔術【時の瞳】を使用。利用可能時間一分。警告!!　一度使用すると、次に使えるのは一日後です』

『時魔術【加速】を使用。利用可能時間一分。警告!!　一度使用すると、次に使えるのは一日後です』

俺の頭の中で、二つの警告が鳴り響いた。

「てめえの勝ちだと!?　恐怖でおかしくなりやがったか！　これでも喰らえや!!」

ロートンが俺の言葉に怒り狂いながら、槍を突き立ててくる。

だが今の俺には、ロートンの鋭い槍の攻撃がハッキリと見えた。

槍の先が俺の右腕を串刺しにする、その瞬間――！

俺の手にした剣が、奴の槍先を斬り落とした。

自分の身体が、黄金に輝いているのが分かる。

「な！　なにぃいい!?」

ロートンは、驚愕《きょうがく》のあまり目を見開いた。

斬り落とされた槍の先が足元に転がり、巨体が思わず後ずさる。

「て！　てめえ……。い、一体何しやがった!!」

一瞬、怯んだロートンは、穂先がなくなった槍で俺の身体を貫こうとした。

しかし、俺は剣を構えて、ロートンに突っ込む。

「薄気味悪いガキが！　死ね！　死ねぇえええ!!」

「うぉおおお!!」

俺たちの叫びが交錯《こうさく》した、その刹那《せつな》――！

ロートンの槍が俺の姿を貫いた。

そして、残虐な笑みがロートンの顔に浮かぶのを、俺は確かに見た。

「ふはは！　馬鹿が！　自分で死ににきやがった!!」

だが、ロートンが貫いたはずの俺の身体は、その場から掻き消える。

槍を受けたのが俺の残像だったと理解して、ロートンは呻《うめ》いた。

「馬鹿な……そんな馬鹿な。ありえねえ……」

「言っただろ？　俺の勝ちだって!!」

ロートンの槍をかわして懐に入った俺の剣の柄が、奴の鳩尾《みぞおち》に深く突き刺さる。

「がぐぅううう!!」

時魔術の加速と、剣士の踏み込みの合わせ技だ。

迷宮の中で、剣士として魔物を狩っていたのは伊達《だて》じゃない。

ロートンの身体が、ゆっくりとその場に崩れていく。

巨体が地面に倒れ、俺の周りには砂埃《すなぼこり》が舞った。

「て、てめえ……」

ロートンは苦悶《くもん》に顔を歪め、目の焦点が定まらないまま、俺の足に手を伸ばす。

太い指が、俺の脛あてを握り——そして、ガクリとその場に突っ伏した。

俺は剣を鞘に仕舞う。

ピクリとも動かないその巨体を見下ろしながら、俺は地面に膝をついた。

12　秘密

「「エイジ!!」」

その場に蹲《うずくま》っている俺に、エリスとリアナが駆け寄ってくる。

そうして、ギュッと抱きしめられた。

エリスの美しい赤い髪が、俺の鼻先をくすぐる。

「痛いって、エリス。そんなに抱きつくなよ、俺は大丈夫だから」

「馬鹿！　死んじゃうかと思ったんだから!!」

俺はふぅと息を吐き、苦笑して言う。

「安心しろって、まだ足はついてるからさ」

何しろ、俺は昨日一度死んだばかりだからな。今日また死ぬなんて勘弁だ。

それにしても、普段勝気なエリスにこんなに心配されると少し照れる。

エリスの奴、意外と可愛いところもあるんだよな。

俺が頬を緩めてジッとエリスを見ていると、エリスは涙を拭きながら離れる。

「何よ……。ちょ、調子に乗らないでよね！　エイジが死んだら、レベル上げができなくなるって思っただけよ！」

せっかく可愛いと思ったのに、もうこの態度だ。

俺は溜め息をついた。

「エイジ……」

すると、今度はリアナが大きな瞳に涙を浮かべて、俺の手を握る。

そして、回復魔法をかけてくれた。

「ありがとな、リアナ」

「うん……」

お礼を言って、鼻を啜《すす》っているリアナの頭を撫でた。

俺のせいで、二人には怖い思いをさせちまったよな。

気づけば、ロートンに槍の柄で突き飛ばされた警備隊の兵士はすでに立ち直っていて、腰に巻いていた縄を使ってロートンの身体を縛《しば》っている。

拘束が終わると、俺たちに心配そうに声をかけた。

「け、怪我はないか？　三人とも！」

「ええ、大したことは。そちらこそ、大丈夫ですか？」

俺の言葉に、若い兵士は苦笑いをする。情けない姿を見られて、気まずいのだろう。

「待ってろ、すぐに仲間を呼んでくる」

その兵士は俺たちにこの場にいるように伝え、迷宮を囲む壁の方に走っていった。

兵士の後ろ姿を見送っていると、頭の中で声が響く。

『時魔術：【時の瞳】の効果が切れました』

『時魔術：【加速】の効果が切れました』

声がやむと同時に、俺を包んでいた淡い黄金の光が消える。

それを見て、エリスとリアナが俺に尋ねた。

「エイジ、今の光は何なのよ？　貴方、初級剣士なのに、どうやってあいつに勝ったの？」

「それに、エイジは盾使いのスキルを使ってました」

あー、やっぱりおかしいと思うよな。

女神の加護のことを正直に話さないと、もう収まりがつかないだろう。

もともと話すつもりだったんだ。問題ない。

俺は頭を掻きながら二人に言った。

「あのさ、二人に話があるんだ。実は俺、変わった力を持っててさ……。ほら、さっきエリスがレベルアップが異常に速いって言ってただろ？」

エリスはハッとして息を呑んだ。

「もしかして、今日こんなに速くレベルが上がったのも、その変わった力のせいなの⁉」

俺は頷いた。

「ああ。二人はさ、成長する速さが上がる能力のことを知ってるかな?」

リアナは知らないらしく、小首を傾げて横に振る。

しかし、一方のエリスはちょっと考えた後に、思い出したように言った。

「聞いたことがあるわ。その能力を持った人とパーティを組むと、速く成長できるって。でもそんな人間、特別な神の加護を受けた、勇者や英雄だけだって話よ?」

ああ、そう言えば天使も、メルティの加護を持ってる奴は勇者とかそういう特別な人間だって言ってたな。

俺が黙ったまま微笑んでいると、エリスはそれを肯定と受け取ったらしく、目を見開いた。

「まさか……でもそれなら、こんなに速くレベルアップした理由が分かるわ!」

リアナは可愛らしく両手を口元に当てたまま、俺とエリスを交互に見て、俺のところで視線を止めた。

「じゃあ、エイジは加護を……?」

「ああ。でも、これは誰にも言わないで欲しいんだ。世の中にはロートンみたいな奴だっているしさ。俺、二人のことは仲間だと思ってるから話したんだ。だけど、勘違いしないでくれよ。俺は勇者とか英雄とかみたいに、敵を軽々倒すような力を持ってるわけじゃないからさ」

勇者や救世主として選ばれた人物がその力を見込まれて、神からさらなる力を授かるという展開はゲームの中でよくあったりするけど、俺の場合はそうじゃないもんな。

他の神様がどうやって加護を授けるかは知らないが、まさかあんな理由でメルティの加護を貰った奴は俺の他にはいないだろう。

大体、時魔術だって万能というには程遠い力だ。

一日一回、たったの一分間しか使えないからな。

ロートンがこれを知っていたら、今地面に伏していたのは俺だっただろう。

誰かに俺を襲わせて、時魔術を使った後で自分が襲えばいいもんな。

他にも、いくらだって手はある。

黙っておいて欲しいという俺の頼みを聞いて、二人は口を閉ざして俯いていた。

そして、エリスは俺の目を見て頷く。

「分かったわ、誰にも言わない。リアナもいいわね？」

「う、うん」

……あれ、何だろう？　二人ともどこか様子がおかしいな。

俺はてっきり、もっと根ほり葉ほり聞かれると思ってたんだが。

確かに余計な詮索はしないと言っていたけれど、いつ加護を得たのかとか、他にどんな力があるのかとか、聞きたいことは山ほどあるだろうに。

しかし、エリスは思いつめた表情をして、黙り込んでいた。

そして、意を決したように口を開く。

「あのね、エイジ……私もエイジに話したいことがあるの！」

エリスが俺に何かを言いかけた、その時。

迷宮を取り囲む壁の入り口の方から、先ほどの若い兵士と数名の警備隊の兵士たちが、こちらにやって来るのが見えた。

先頭にいるのは、エリクさんである。

その後ろには、美しい人影も見えた。

ジーナさんだ。

エリクさんは俺に駆け寄ると、傍《そば》に倒れているロートンを見て驚いていた。

「エイジ！　大丈夫か⁉」

俺はエリクさんに頭を下げる。

「すみません、エリクさん。厄介ごとは駄目だって言われてたのに」

すると、ロートンが呻き声を上げて目を開けた。

そして自分が縛り上げられていることに気がついて、喚《わめ》き散らす。

「くそ！　ふざけやがって‼　先に手を出そうとしたのはこのガキどもだ‼　俺は悪くねえ‼

さっさと縄を解きやがれ、この野郎！」

自分を縛り上げた若い兵士に向けて、地面を這いつくばりながら罵声《ばせい》を浴びせる。

あまりの剣幕に、ロートンを拘束した若い兵士は怯んだ。

俺たちが身を硬くしていると、地面に転がっているロートンのすぐ傍に、すらりとした脚の持ち主が近づいていく。

ロートンは意識が戻ったばかりで、その場に現れた人物が誰なのか分からなかったのだろう。

確かめるように、顔を上げ――

「――――!!」

そして、凍りついた。

ジーナさんが、自分を見下ろしていたからだ。

何も言わず無表情に近いその美貌《びぼう》が、かえって周りの雰囲気に鋭さをもたらす。

威圧感に耐え切れなくなったのか、ロートンは口を開いた。

「じ、ジーナ隊長！　やっぱり俺が思った通りですぜ、このガキは何か隠してやがる!!　怪しい野郎だ。へへ、俺はそれを調べていましてね、これからじっくりと吐かせてやりますよ！」

一気に饒舌《じょうぜつ》になったロートンに対して、ジーナさんは何も言葉を発しようとしない。

ロートンは焦ったのか、言葉を続けた。

「放っておけば、きっと何かやらかしたに違えねえ！　そうなりゃあ、こいつを町に入れた隊長の責任になる。俺はジーナ隊長のために……ひっ!!」

そこまで言って、突然ロートンは静かになった。

氷のような瞳で、ジーナさんはロートンを見下ろしている。

「ロートン。私が、あんたにいつそんなことを頼んだんだい？　言ってみな」

「そ、それは……」

これでロートンが大人しくなるかと思ったその時――！

奴を縛っていた縄が、音を立てて千切れた。

もの凄い力だ。恐らく、べらべらと喋っている間も自由になる機会を窺《うかが》っていたのだろう。

あの兵士は若かったから、縄の結び方が良くなかったのかもしれない。

ロートンは、即座に地面の砂を掴むと、それをジーナさんの顔に投げつけた。

目潰しか！　どこまで卑怯な奴なんだ!!

「くそが!!　澄ましやがって、前から気に入らなかったんだよ！　女の分際《ぶんざい》で偉そうにしやがって!!」

そう言って傍に立っている兵士の槍を掴むと、ジーナさんに襲い掛かる。

「ジーナさん!!」

思わず剣を抜こうとした俺の肩に、エリクさんが手を置いた。

「エイジ、手出しはいらないよ。あの人はフェロルクの警備隊長だ。つまりそれは、深層に棲《す》む魔物ですら一人で排除できる存在だってことさ」

そういえば、ジーナさんは迷宮の深層から現れた魔物を何匹も倒してるって聞いた。

エリクさんは続ける。

「その強さは、迷宮の深部にたどり着くことができるSランクの冒険者に匹敵する。ロートンごときが何人でかかっても、敵《かな》いやしないよ」

気がつくと、ロートンは右手に持っていた槍を落とし、辺りにカランと乾いた音が響いた。

槍を握っていたロートンの右腕は、カミソリのように鋭い何かで斬り裂かれている。

ぱっくりと開いたその傷口は鮮やかで、血を流すのさえ忘れているかのようだ。

「うぐぁあああああ!!　痛でぇえええええ!!」

ロートンは、哀れなほど情けない悲鳴を上げて地面をのた打ち回る。

奴が投げつけたはずの砂は、ジーナさんを守るように吹くつむじ風に巻き上げられていた。

ジーナさんの手には、いつ抜いたのか、剣が握られている。

風……？

どうやら、彼女の周りの風は剣から発生したようだ。

そのつむじ風が、鋭利な刃物のごとくロートンの右腕を斬り裂いたのだと、ようやく理解した。

風をまとうジーナさんの姿を見て、エリクさんが俺に言う。

「ユニークと言われる固有スキルを持つ能力者。あれが、疾風のジーナの本当の姿さ」

凄え。ロートンなんかとは比較にならない強さだ。

時魔術を発動させても、今の俺じゃあ相手にならないだろう。

風を操る力なのだろうか。

「固有スキル……凄い力ですね」

感嘆の声を漏らすと、エリクさんは説明してくれる。

「超一流の剣士や戦士、そして魔道士の中には、特殊な力を持っている人間がいるんだ。例えばSランクに位置する冒険者は、必ずユニークスキルを持っている。迷宮の深淵を覗くことができる、ごく一部の強者さ」

Sランクか……浅い階層で必死にレベル上げをしている俺には、到底理解できない次元の話だ。

ジーナさんは、地面をのた打ち回っているロートンに視線を落とすと、美しい唇から言葉を紡いだ。

「ロートン。あんた、この坊やの腕を串刺しにしようとしたらしいね。なら、自分の腕を傷つけられても文句はないだろう？」

美しい女剣士はそう言うと、ロートンを連行するよう部下に命じる。

「うぐぅううああ!!」

言葉にならない呻き声を上げ、ロートンは醜く歪んだ顔でジーナさんを睨む。

「とっとと連れていきな。目障《めざわ》りだよ」

兵士に無理やり連れていかれたロートンの姿が見えなくなると、辺りは打って変わって静かになる。

ジーナさんは剣を鞘に収め、俺の前にやってきた。

俺はジーナさんに頭を下げる。

「すみません。ジーナさんやエリクさんに迷惑をかけてしまって」

ジーナさんは、黙ってこちらを見下ろしていた。

厄介ごとはジーナさんに迷惑をかけるから駄目だって、エリクさんに言われてたのに、本当に申し訳ない。

俯いていると、ふと頬に柔らかい何かが当たる。

視界に金色の美しい髪を捉えて、それがジーナさんのブロンドだと分かった。

ジーナさんは、頭を下げている俺の顔を覗き込んでいる。

切れ長の美しい目が、俺の瞳をジッと見つめていた。

まるで心の中を見透かされるようだ。

こんな時に不謹慎だが、凄くいい匂いがする。ジーナさんの髪の匂いなんだろうか？

輝くブロンドが俺の鼻先をくすぐったかと思うと、ジーナさんはスッと顔を離した。

俺の心臓は色んな意味で、まだドキドキしている。

「あ、あの、ジーナさん？」

「何か、私に謝らなきゃならないことをしたのかい？」

ジーナさんは、まだ少し青ざめているエリスとリアナを見る。

そして、乾きかけている俺の鼻血を、白い制服の裾で拭いてくれた。

「あんたは抜くべき時にその剣を抜いた。一歩も引かずにね。坊やにしては上出来さ」

一瞬、白い指先が俺の頬をなぞる。

その感触に、思わず声が裏返った。

「は、はひ……」

エリスとリアナの俺を見る視線が、なぜか痛い。

ジーナさんはクルリと踵《きびす》を返し、兵士たちに告げる。

「行くよ、この件はこれで終わりだ。文句がある奴は私に直接言いな！」

立ち去ろうとするエリクさんに、俺は慌てて聞いた。

「俺、このまま行ってもいいんですか？」

エリクさんは、肩を竦める。

「知ってるだろ？　ジーナ隊長は、同じことを二度言うのが嫌いだってこと。第一、これは警備隊の不始末でもある。大事《おおごと》にしたくないのはこちらも同じだよ」

うーん、そういうことなら、いいのかな……。

「それに、ロートンがやったことは、警備隊の兵士が一部始終を目撃してるからね。君から事情を聞く必要はないってことさ」

確かに、ロートンを縛り上げた若い兵士が全部見てたよな。なら、問題ないか。

若い兵士と話していたジーナさんは、不意にこちらを振り返って言った。

「坊やの力に興味はないが、使い方を間違えた時は私が相手になる。そうならないようにすることだね」

あの兵士から俺の力のことを聞いたのだろう。初級剣士が中級の槍使いを倒すなんて、普通じゃないもんな。

ジーナさんが相手になる、か。最高の脅し文句だ。さっきの力を見た後では、なおさらそう思う。

俺は、ジーナさんの後ろ姿を見送りながら頬を撫でた。

それにしても、凄くいい匂いがしたよな。大人の女性の香りっていうか……。

やっぱり格好いいよな、ジーナさん。

そんなことを考えていると、ふと視線を感じて後ろを振り返る。

エリスとリアナが、ジト目でこちらを見ている。

エリスは地面に転がっていた杖を拾うと、俺の頭をポカリと叩いた。

「いてっ！」

「馬鹿じゃないの！　だらしない顔して!!」

リアナも、冷たい視線を送ってきた。

お姫様みたいに可愛らしい顔でそんな風に見られると、かなりこたえる。

「エイジったら、今もの凄く、だらしない顔をしてました」

「は……ははは。そんなことないって、二人の気のせいだよ」

あんな綺麗なお姉さんにゼロ距離で瞳を覗き込まれたら、当然ああなるだろう？

生まれつきの賢者なら別だけどな。

俺は、これ以上変な方向に話が進まないよう、話題を変えるために慌てて言った。

「そう言えば、エリス。俺に話があるって言ってたよな？」

13　素材と素質

ロートンが現れる前、エリスは何か話したいことがあると言っていた。

それを思い出して聞いてみたのだが、エリスのジト目は相変わらずだ。

「エイジが信用できるかどうか、もう少し考えてからにするわ！」

そう言って、プイッとそっぽを向いてしまった。

そんなエリスを見て、リアナはクスクスと笑う。どうやらリアナの機嫌は直ったようだ。

ひとまず、ほっと胸を撫で下ろす。

「そうだ！」

俺は、傍に置いてある大きな袋の中を確認した。

ロートンとの戦いで中身が潰れたりしないように、少し離れた場所に置いておいたんだけど……。

昨日、エミリアさんから貰った大きな布の袋である。

リアナがそれを見て頷く。

「苦労して集めたものね！」

「ああ、ありがとな。エリス、リアナ」

そこには、ビッグキャタピラーの角が一杯に詰められている。三人でレベル上げをしながら手に入れた物だ。

あのでかい芋虫の額《ひたい》に生えている黄色い角は、切り取ると徐々に結晶化が進んで、装飾品の素材になるらしい。昨日エミリアさんに貰った、Eランク冒険者用の手帳にそう書いてあった。

サイズは二十センチメートルくらいで、まるで黄色いサンゴのようだ。重さはそれほどなく、同じサイズの木の枝程度。

周りに敵がいないのを確認しては、三人で手分けして採取し、袋に詰めたのだ。

角を切り離す時、俺は剣で、エリスとリアナは腰から提げたナイフで作業をした。

「感謝しなさいよ。あの芋虫を触るの、気持ち悪かったんだから！」

「ああ、ありがとう、エリス。助かったよ」

そう言うと、エリスはツンと澄ました顔で言う。

「まあいいわ、エイジのおかげで思ったよりも沢山レベルが上がったもの。上手くいけば、明日か明後日には中級魔道士になれそうだわ」

「俺も中級剣士になれるのかな？」

リアナはそれを聞いて、クスクスと笑う。

「ほんとにエイジって不思議。頼もしいって思ったら、当たり前のことを知らないんですもの」

エリスも呆れたように溜め息をつき、説明をしてくれる。

「初級剣士がＬＶ20になったら、もう成長しなくなるのよ。だから教会に行って中級剣士にしてもらうの。初級と中級では全く違うわ。初級はＬＶ20でも初心者扱いだけど、中級ならＬＶ15くらいの人はもう一人前の冒険者よ。そうなれば、迷宮の十数階層程度までは下りられるわ」

ああ、そういえば昨日ギルドの掲示板に、中級剣士を募集してる依頼書があったよな。

確か……地下二十階で、消息不明のパーティを救出するってやつ。いかにも、本格的な冒険者って感じの依頼だ。

俺が一人納得していると、エリスは説明を続ける。

「中級剣士や魔法使いは、ＬＶ50になったら成長しなくなるわ。そうしたら上級に転職するんだけど、中級が限界という人が多いの。冒険者に一番多いのは、中級のＬＶ20～30程度だと思う。同じ職業、同じレベルでも、強い魔物を倒せるかどうかは人それぞれだもの」

確かにそうだろうな。

格闘ゲームで同じキャラクターを使っても、上手い奴と下手な奴じゃあ全く動きが違う。それと同じことだろう。

スペックが同じでも、プレイする人が違えば強さも違うのが当たり前だ。

人間には得意不得意があるから、剣士に向かなくても魔法が得意とかもあるはずだしな。

そこらへんは、センスってことだろう。

俺が頷くと、エリスはさらに続ける。

「結局は、どの程度の魔物を倒せるかが、その人間の限界を決めるってことね。強くなれる人は、それほど時間をかけずに成長できるの。強くなれば迷宮の深層に進めるし、パーティだって組みやすくなる。そうなると、どんな強い魔物でも倒しやすくなるものね」

なるほど。同じレベルの強い者同士がパーティを組んで、さらに強くなる。そして、もっと深い階層に潜っていくってことか。そのどこかで、それぞれの限界が来るわけだ。

言われてみれば、ジーナさんだってまだ若い。きっと良い仲間とパーティを組んで、効率よくレベル上げをしたのだろう。

同じスペックでも戦闘センスで強さが異なるってことは、言い換えれば、戦い方やちょっとした工夫で周りよりも強くなれる可能性もあるってことだ。

すると、リアナが俺を見てニコッと微笑む。

「エイジは強くなると思います！　迷宮の中でだって、まるで初級剣士じゃないみたいに動きが滑《なめ》らかだったし。格好良かったもの！」

「はは、ありがとな！　リアナ」

さすがリアナ！　俺は褒められると頑張れるタイプだからな。

迷宮の中でそれなりに戦えたのは、ゲームのキャラクターになったつもりで、スキルを連携したからだ。そういう意味では、イメージトレーニングは万全だもんな。

リアナは笑みを浮かべながら、俺に言う。

「それに、戦闘に関する職業は、若い頃にレベルを上げた方が力や魔力が強くなって、素質が伸びやすいって言われてるんです。丁度、私たちぐらいの年齢で始めるのがいいそうですよ」

エリスはリアナの言葉に頷きつつ、補足した。

「もちろん、例外はいるけどね。その職種の適性が高い人は、いつまでも成長することもあるらしいし」

それって、もしかしてステータスの数値のことかな。

力や、知恵、器用さとか、いかにもって感じだし。

なるほど、同じ職業で同じレベルでもそこで差が出るわけだ。才能があるかどうかってことだよな。

若いうちに鍛えた方がいいっていうのは、俺がいた世界でも良く聞いた話だ。

きっと、そのステータスが上昇しやすい年齢というのがあるんだろう。

そう考えると、やっぱり俺は有利だよな。普通の人の伸び盛りの一年間が、俺にとっては十年間に値するわけだし。

上手くすれば、色々な職業を習得できるだろう。

でも……。

俺はエリスやリアナを見る。

頭の中で、ある考えが浮かび、それを切り出すかどうか迷った。

迷惑かもしれない。でも、言うだけ言ってみてもいいような気がする。

そして、しばらく考えた後、思い切って提案をしてみた。

「なあ、エリス、リアナ。相談があるんだけどいいかな?」

すると、二人は少し不思議そうにしながらも、真剣な表情でこっちを振り向いた。

あんな騒動があった直後だし、相談があるなんて言えば、大事な話かと思うだろう。

改めてまじまじと見つめられると、何だか照れくさい。顔が熱くなってきた。

清楚なリアナと、勝気なエリス。

タイプは違うけど、どちらもファンタジーの世界から抜け出してきたような、とびきりの美少女だ。

エリスとは喧嘩もするけど、それでも初めてできた仲間だと思うと、やっぱり特別な存在に思える。

そんな感傷に浸っていると、エリスが痺《しび》れを切らして俺に尋ねる。

「何よ、相談って？」

「ああ、ごめん。……あのさ、エリスとリアナはレベル上げをしたいんだろ？」

俺の言葉にリアナは頷いた。

「はい……できればなるべく速くレベルを上げたくて。でも、パーティにレベルが高すぎる人がいると私たちに入る経験値が少なくなるし、逆に誰かが低すぎると効率が悪くなってしまいますから。本当は、同じくらいのレベルで、ずっと一緒にレベル上げをしてくれる人がいればいいんですけど」

そうか、経験を共有してるといっても、レベルが違うと完全な等分ってわけじゃないんだな。

同じくらいの相手とずっとパーティを組むのが、俺にとっても二人にとってもベストだろう。

言い終えたリアナは、ハッとして俺を見る。

「もしかして、エイジ……」

「ああ、もし二人が良かったらなんだけど、一週間じゃなくて、これからずっと一緒にパーティを組めたらなって。そしたら俺の力のことも他の奴に打ち明けなくていいし。二人だって、俺がいた方が速くレベル上げできるだろ？」

パーティを組み直せば、それだけ多くの人間に秘密を明かすことになるだろう。

冒険者といっても、皆が皆、信用できる人物だとは限らない。

だけど、リアナはもちろんのこと、エリスだって気は強いけど、いい奴だもんな。

俺は、今日の出来事を思い出す。

迷宮での戦闘時、エリスはいつも俺が戦いやすいように、攻撃魔法を上手く使ってくれた。

ロートンが俺を侮辱したことに腹を立て、真っ先に向かっていったのもエリスだ。

まだ付き合いは短いが、エリスもリアナも心から信用できる。

可能なら、この二人とずっとパーティを組んでいたい。

俺の頼みを聞いて、リアナとエリスは顔を見合わせる。

そして二人ともしばらく考え込み、やがてエリスが言った。

「それは……その方が私たちは助かるけど。でも、エイジはいいの？　言っとくけど、エイジの力って貴方が考えているよりも凄い力なのよ？　その気になれば、いくらだっていい条件の相手が見つかるわ」

実際、エリスの言う通り、この力があればいくらでも仲間が集まりそうだもんな。

自分の損得だけを考えればいいのに、こいつは……。

俺は少し呆れて肩を竦める。

「エリスのそういうところが信頼できるっていうかさ。どうせ冒険者をするなら、俺は二人とずっとパーティを組みたいって思うんだ」

俺の言葉を聞いて、リアナが嬉しそうに笑った。

「本当に!?　私もエイジと一緒に冒険したい！　何だかワクワクするもの」

無邪気に喜ぶリアナを見て、俺は苦笑した。

大人しそうに見えるけど、結構積極的だよな。

そういえば、前にも『ワクワクする』って言ってたっけ。リアナの口癖なのかもしれない。

はしゃぐリアナを、エリスが慌ててたしなめる。

「ちょっとリアナ、勝手に決めないでよ！　エイジとは、昨日初めて会ったばかりなのよ？」

すると、リアナは可愛らしく口を尖らせた。

「エリスはエイジが嫌いなの？　さっきだって、あの大男にエリスが叩かれそうになった時、エイジが庇《かば》ってくれたじゃない。エイジは立派なナイトよ！」

ナイトって……やっぱりリアナも少し変わってるよな。お姫様ごっこじゃないんだから。

言われて、エリスは頬を染める。

「あ、あれは！」

そういえばエリスの華奢な身体を庇って肌が触れ合った時、いい香りがしたよな。

……胸は小さかったけど。

「な……何見てるのよ」

まずい。無意識のうちにエリスの平らな胸を見ていたようだ。

「え？　な、何でもないって。小さいとか思ってないから！」

冒険者ギルドでキレられたことから学習して、俺は最大限のフォローをした。

……つもりだったのだが、エリスの頬がヒクつく。

そして、俺に向かって問答無用で杖を構えた。

「リアナ！　こ、こいつがナイトのはずないでしょ!!」

「……まったく、殺す気かよ。エリス」

「馬鹿じゃないの、ちゃんと手加減したわよ」

俺たちは今、冒険者ギルドに向かって町の中を歩いている。

俺の頭の上には、小さなタンコブができていた。

ついさっき、エリスの杖から放たれたでっかい石が、俺の頭を掠めてできたものである。

エリスが使える魔法の一つ、ストーンバレットだ。

まともに喰らっていたら、タンコブじゃすまなかっただろう。

「とにかく一週間様子を見て、その後でずっとパーティを組むかどうか考えるわ。それでいいかしら？」

俺は頷いた。

「ああ、その時また相談しよう」

すると、不意にリアナが俺の手をキュッと握った。

あまりにも唐突に、だけど当たり前のように握られたので、俺は呆気にとられた。

「えっと……リアナ？」

「ふふ、仲良くなった男女はこうするものだと聞きました。私たちは迷宮での戦いをともにくぐり抜けて、もう十分仲良しですもの。エイジは嫌ですか？」

え？　これは、この世界の文化なのか？

だとしたら素晴らしい文化だ。

しかし、エリスは戸惑いながらリアナに尋ねる。

「そ、そういうものなの？」

どうやらエリスは初耳のようだ。

やっぱりリアナの行動がおかしいのか、それともエリスが世間知らずなのか……。

そう考えていると、リアナは自信ありげに頷いた。

「本で読みました。間違いありません」

本で読んだ？　どういうことだ？　なんだかリアナもエリスも、やっぱりどこかズレてるよな。

リアナは俺の右側を、手を繋いで歩いている。

エリスは俺の左側を歩きながら、そっと白い手を伸ばした。

それを見て、俺はエリスに尋ねる。

「え……えっと？」

「握ってもいいわよ。一応親しくはなったし。そ、そういうものなのでしょう？」

罠じゃないよな……触ったら、またストーンバレットをぶっ放されるとか。

おっかなビックリしつつエリスの手を握ると、一瞬ビクンとエリスの手が震えた。

しかし、その後優しく握り返してくる。

そして、少し俯いてエリスは言った。

「……今日はありがとう、庇ってくれて。少し格好良かった」

うわ……こんな顔、初めて見た。やっぱりエリスって可愛いな。

いつも勝気なだけに、今のしおらしい雰囲気とのギャップが凄くて、一層可愛く見える。

二人と左右の手を繋いで、俺としては最高の気分なんだが、どうも周りの視線は冷たい。

通りがかる冒険者たちが、ヒソヒソと何かを言っているのが聞こえる。

「くそ！　何であんな奴が!!」

「二人ともメチャクチャ可愛いじゃねえかよ！」

「ああ、死ねばいいのにな、あいつ！」

死ねばいいって……ひどすぎないか？

どんな本で学んだのかは知らないが、やはりリアナの情報は間違っている気がする。

俺を見つめる連中から、負のオーラを感じるからな。

リアナとエリスは、そんな周りの視線を気にすることなく、俺に色々話しかける。

このままだと、ロートン以外からも恨みを買いそうで怖いんだが……。

冒険者たちの冷たい視線の中、町の大通りを進み冒険者ギルドに到着した。

入り口の扉を開くと、昨日と同じようにギルドのホールには沢山の冒険者たちが集まっていて、活気に溢れている。

俺は迷宮で手に入れたビッグキャタピラーの角が入った袋を背負ったまま、窓口に進む。

すると、一際《ひときわ》目立つ美人のお姉さんが、俺たちに手を振った。

エミリアさんである。

手を振るたびに、ウサ耳が可愛らしく頭の上で左右に揺れるのは、やはり反則的な可愛さだ。

俺がそれに見惚れていると、エリスに手のひらを抓《つね》られた。

「ほんと、少し褒めたらこれなんだから」

俺は素材を詰め込んだ布の袋を肩から下ろし、エミリアさんのいるカウンターの上に置いた。

「おかえりなさい、エイジさん！　皆さん！」

「エミリアさん、ただいま。エミリアさんがくれた手帳のお蔭で、素材が採れたよ！」

俺の笑顔を見て、エミリアさんはニッコリと笑った。

そして袋を開けると、ビッグキャタピラーの角の数や品質を調べ始める。

手慣れた様子で次々に角を鑑定し、あっという間に作業が終わった。

美人で優しくて仕事もできるとか、窓口のお姉さんとして完璧な存在である。

……ウサ耳もついてるし。

俺がそんな下らないことを考えていると、エミリアさんが買い取り金額の合計を出してくれた。

「それじゃあエイジさん。買い取り金額はこうなりますけど、よろしいですか？」

エミリアさんが俺に手渡したのは、二種類の銅貨だ。

一つは大きくて、男の横顔が刻まれた銅貨。これが三枚。

もう一つはそれよりも一回り小さい銅貨で、こちらは二枚。

合計五枚の硬貨が俺の手のひらに載っている。

「えっと……」

よろしいですか、と言われても、この硬貨がいくらなのか分からない。

何しろ、この世界の通貨の仕組みを知らないのだ。

俺が戸惑っていると、エミリアさんが窓口の上にある大きなボードを指して説明してくれる。

そこには、貨幣の説明が書かれていた。

「少し焦げてしまっている物があったのは残念でしたが、なかなか良い状態のものが多かったですし、合計で三千二百フィーダ。トラスフィナ大銅貨三枚と、トラスフィナ中銅貨二枚になります」

少し焦げていた奴は、エリスの火属性魔法で倒したものだ。

素材が欲しいっていう俺の話を、エリスはすっかり忘れていたらしい。

改めてお願いしたら、それ以降は違う属性の魔法で倒してくれたから、あとの物は状態が良いみたいである。

もちろん、俺が剣で倒したものも角に傷はないはずだ。

エミリアさんの指したボードをよく見ると、そこには色んな国の貨幣の価値が書かれていた。

フェロルクで流通しているトラスフィナ硬貨の価値と、他の貨幣の交換率について記載されているようだ。他の国からやってきた冒険者向けなのかもしれない。

当然、国が違えば貨幣も違って、両替が必要だろうからな。

だけど、とりあえずはトラスフィナ硬貨の価値さえ分かってれば、フェロルクで困ることはないってことか。

ボードに書かれている説明によると、トラスフィナ王国のお金の単位はフィーダ。

そして、主に流通している硬貨は五種類だ。

トラスフィナ小銅貨：一枚、十フィーダ。
トラスフィナ中銅貨：一枚、百フィーダ。
トラスフィナ大銅貨：一枚、千フィーダ。
トラスフィナ銀貨：一枚、一万フィーダ。
トラスフィナ金貨：一枚、十万フィーダ。

今回の買い取り金額は合計で三千二百フィーダだから、トラスフィナ大銅貨三枚とトラスフィナ中銅貨二枚ってわけである。

初めて自分で稼いだ金……そう思うと凄く嬉しいな！

思わず銅貨を握りしめると、エミリアさんは、ニッコリと微笑みながら言った。

「ギルドへの納金を除いてその金額ですから、安心して使ってくださいね」

「はい！　ありがとうございます、エミリアさん！」

優しい笑顔。やっぱりエミリアさんには癒《いや》される。

俺がそのまま窓口に立っていると、エリスたちに両手を引っ張られた。

「もう用事は済んだでしょ！　そんなところに立ってたら、他の人の邪魔よ！」

「そうです、エイジ。向こうの席で話しましょう！」

連行される俺の姿を、エミリアさんは手を振って見送ってくれた。

どんな時も崩れることのないその笑顔は、やっぱり窓口のお姉さんの鑑である。

昨日三人で座ったテーブルが空いていたので、俺たちはそこに腰掛ける。

何だかこうしてると、本格的に冒険者になった気分だな。

俺は硬貨をテーブルの上に置き、三枚の大銅貨を俺とエリスとリアナに一枚ずつ配った。

そして、残りの中銅貨二枚はテーブルの真ん中に残す。

「一人、大銅貨一枚ずつ。中銅貨はパーティの資金として貯めておくっていうのはどうかな？　何かの時に、役に立つかもしれないし」

俺の提案を聞いて、エリスとリアナは顔を見合わせる。

そして、向かい側の席でしばらく二人で相談した後、渡した大銅貨をこちらに返して俺に答えた。

「そのお金は貴方にあげるわ、エイジ」

意外なことをエリスに言われ、俺は首を傾げる。

「どうしてだよ？　三人で稼いだお金だろ？」

今度はリアナが言った。

「エイジのお蔭で、私たちのレベルって今日一日で凄く上がったと思うんです。その報酬も兼ねてって、エリスと。本当は、エイジへの依頼料を上げることも考えたんですけど、エイジが私たちのことを仲間だって言ってくれたのが嬉しくて」

そんなリアナとは対照的に、エリスがツンとそっぽを向いて俺に言った。

「べ、別に私は仲間って言葉が嬉しいなんて言ってないわよ！　でも、仲間なら仕事としての報酬を上げるのは違うんじゃないかって、リアナが言うから。とにかく、受け取りなさい！　素材を集めたいって言ったのはあんたなんだから」

リアナもエリスも、そう言って俺に銅貨を譲ってくれた。

俺は肩を竦めた。

そりゃあ、俺がいた方がレベル上げは速いけどさ……。それとこれとは違うと思うんだけどな。

でも、二人がそう言ってくれるなら、今日のところは甘えておくか。

また稼いだら、今度はみんなで分けたらいいもんな。

「分かった、じゃあ今日は貰っておくよ。ありがとう。でも、次からは二人も受け取ってくれよ?」

俺は素直にエリスとリアナにお礼を言って、硬貨を腰の小道具入れにしまう。

それを見ながら、エリスは少し呆れたように溜め息をついた。

「あんたって、本当に馬鹿よね。最初から素直に貰っておけばいいのに。宿や食事にだってお金は要るでしょう? 貴方、とてもじゃないけど、お金に余裕があるようには見えないもの」

随分と失礼な話だが、実際そうなのだから反論のしようがない。

まあ、初対面の俺は木の棒を持っていたのに、翌日には立派な装備を揃えてきたのだから、それでお金を使い果たしたと考えるのが自然だよな。

二人からの報酬は、ギルドの規定で一週間後、仕事をこなした後でないと支払われないらしい。

そうなると、確かにこの金は俺にとって貴重だ。

実は、ゴブリンを倒した時に拾った弓は、結局買い取ってもらっていない。

あんなものとは比較にならないほどの武器や防具を惜しげもなく俺に渡してくれた二人に、さらに弓を買い取ってくれなんて言えるはずもなく、親父さんの店にそのまま置いてきたのだ。

だから、この中銅貨二枚は本当にありがたかった。

それにしても、今日の宿はどうするか……。

エリスの話によると、宿屋にはピンからキリまであって、高い宿だと一泊で銀貨数枚から金貨一枚もするらしい。

食事やサービスがついていない安宿は、大銅貨一枚から二枚程度だそうだ。

確かに、食事や日用品にだって金はかかるし、この稼ぎだとギリギリの生活になるよな。

俺がそんなことを考えていると、隣のテーブルに座っている冒険者パーティの会話が聞こえてきた。

「それにしても、もう三ヵ月になるだろ？　例の物を手に入れた者には、どんな報酬も出すっていう、あの依頼。結局、まだ誰も手に入れてないらしいぜ」

魔道士風の男が、椅子の背もたれに身体を預けて話をしている。

テーブルにいるメンバーは三人。装備を見る限り、俺たちと同じ剣士、魔道士、そして治療魔道士だろう。ネックレスの色はシルバー、つまりBランクのようだ。

剣士風の男が、魔道士の男に答える。

「『白王《はくおう》の薔薇』か？　馬鹿だな。あんな依頼、俺たちBランクには関係ねえよ。ありゃあ迷宮の六十階層より深い場所にしか咲いてねえ花だぞ？　しかも、実際に見た奴だって数えるほどしかいねえ。下手したら七十階層まで下りなきゃ、お目にかかれねえ代物《しろもの》だからな」

肩を竦めてそう言った剣士に、パーティ唯一の女性治療魔道士が言う。

「Eランクが行けるのが精々十階まで、Dランクが二十階、Cランクは三十階……私たちBランクでも、四十階層まで行ければいいところだわ。Aランクでさえ五十階層、命がけで挑んで六十階層が限界だもの。結局、あんなものを手に入れられる奴がいるとしたら、Sランクの冒険者ってことよ」

「それに、六十階層以上に潜ってみたところで、咲いている場所がどこかも分からねえ。まさに俺たちには高嶺《たかね》の花だからな」

白王の薔薇？　何だそれは。

俺は気になって、隣の話に耳を傾けた。

14　白王の薔薇

隣のテーブルについている魔道士が言う。

「光の射《さ》さない迷宮の深層に、白く輝く花か。本当に見たことがある奴なんているのかよ」

それを聞いた剣士が、「さあな」と言って肩を竦める。

「でもよ、あれさえありゃあ、どんな病でも治せるんだ。依頼者が誰か、お前たちも知ってるだろ？」

「ああ、トラスフィナの王宮さ。国王陛下の病は、もうあれでしか治せねえらしいからな。国中の治療魔道士や薬師がどんな方法を使っても駄目だったらしいぜ。このままじゃあ、もってあと半年だとよ。聖王なんて言われてるが、人間死んじまったらおしまいだからな。どうなるのかねえ、この国は」

病……この国の王様、病気なのか？

剣士と魔道士の話を聞いていた治療魔道士の女性が頷く。

「でも、トラスフィナ宮廷魔法師団でも治せないなんて。一体、何の病なのかしら？」

「何の病かなんて、俺たち冒険者には関係ねえさ。ただよ、白王の薔薇さえ手に入れりゃあ英雄よ。国王への謁見《えっけん》も叶って、地位や名誉も思いのままだぜ！」

魔道士のその言葉に剣士は相槌《あいづち》を打った。

「まったくだ。俺たちみたいなしがない冒険者でも、望めば一夜にしてお偉い貴族の仲間入りってわけだ！」

盛り上がる剣士の男に、治療魔道士の女性が口を挟む。

「やめときなさいよ。そもそも、私たちには過ぎた望みだわ。それに聞いたことあるでしょ？　あの噂」

「あん？　もしかして、白王の薔薇の探索のために都からやってきたバルドルース公爵が、実は陰で薔薇の探索の妨害をしてるって話か？　ありえねえだろ、公爵は国王の弟だぞ」

そう言った魔道士の男に、治療魔道士の女性は反論した。

「何言ってるのよ、弟だから邪魔するんじゃない！　国王が死んだら誰が次の王様になると思ってるの？　公爵が、自分のお抱えの騎士や雇ったSランクの連中を使って、探索どころか妨害させてるって噂は、あながちデタラメとは言い切れないわよ」

「でもよ、領主様のアルトス伯爵がそうはさせないだろ？　あのお方は、国王陛下の古いご友人だからな」

どうやら、このフェロルクの領主はアルトス伯爵という人物らしい。

剣士の言葉に、治療魔道士は肩を竦める。

「それはどうかしら？　相手は公爵よ、しかも次の王になるかもしれない相手だもの」

「しっ！　やめろ。……見ろよ、奴らだぜ。こんな話を聞かれたら、ただじゃすまないぞ」

剣士が視線を向けたギルドの入り口から、二人の騎士風の男が入ってきた。

あれは、ジーナさんたちの制服とは違うな。

黒い軍服みたいな衣装に身を包み、肩には赤い竜の紋章が入っている。

隣のパーティの剣士が呻くように言った。

「公爵率いる、赤竜騎士団の連中だぜ。真紅の竜は王族のシンボルだからな、奴らそれを笠に着てやがる」

「また目ぼしい冒険者でも雇いに来たんだろうぜ。噂が本当なら、雇った連中に何をやらせてるのか分かりゃあしねえけどな」

すると、エリスは騎士たちにちらりと鋭い視線を向け、席を立った。

「行きましょう、エイジ」

「どうしたんだよ、急に？」

何となくいつもと様子が違うエリスに少し驚いて聞いてみると、エリスは騎士たちを一瞥《いちべつ》して答える。

「別にどうもしないわ。王族の権威を笠に着てる連中が気に入らないだけ！」

「おい、エリス。声がデカいって」

何しろ、相手は王族に仕えている騎士らしいからな。変に目をつけられたら大変だ。

俺は騎士たちの様子を窺ったが、幸い、彼らは一瞬こちらに目を向けただけで、何も言ってこなかった。

ホッとしてエリスを振り返ると、何となく、いつもより目深《まぶか》に帽子をかぶっているように見えた。

隣に立っているリアナも、ローブで顔を隠している。

二人とも、一体どうしたんだ？

俺は二人に促されて、冒険者ギルドの出口に向かう。

その途中で、俺は赤竜騎士団の一人と一瞬目が合った。

左目に黒い眼帯をつけている、精悍《せいかん》な顔つきと屈強な体格をした男だ。年齢は三十代前半ぐらいだろうか。

何だ……？

その男から一瞬、もの凄い威圧を感じた。

何となく、男の視線はエリスとリアナに向けられているような気がする。

「エイジ！」

「あ、ああ。分かったよ」

エリスはそれだけ言うと、俺の手を引いてギルドの扉を開ける。

その手は少し震え、強張《こわば》っているように思えた。

ギルドを出て、エリスもリアナも無言で大通りを歩いていく。

気づけば、日が暮れ始めている。

茜色《あかねいろ》を帯びた夕日を浴びながら、俺は気になってエリスに尋ねた。

「急にどうしたんだよ、エリス？」

エリスは鋭い目つきのまま、吐き捨てるように言った。

「何でもないわよ。さっきも言ったでしょ。王族も、王族に尻尾を振る連中も嫌いなの」

エリスは唇を噛みしめ、顔を背ける。

そして、俺を振り返ると、目をじっと見つめて言った。

「明日も来られるわよね、エイジ！　私、できるだけ早く一人前の冒険者になりたいの‼」

いつになく真剣な表情のエリスに気圧《けお》され、俺は頷いた。

「あ、ああ、もちろん！　リアナもよろしくな！」

「はい！」

リアナは嬉しそうに微笑むと、俺の手をギュッと握った。

「そう言えば、エイジはどこの宿に泊まるんですか？　明日の朝、エリスと一緒に迎えに行きますよ」

「そうね、エイジったら、あれだけ言ったのに遅刻してきたし。いいわ、宿を教えなさい。私が呼びに行ってあげる」

「はは、実はまだ宿は決めてないんだ。でもさ、お世話になってる人たちがいるから、今日はそこに泊めてもらうかもしれない」

親父さんとフィアーナさんには、できるだけ早く今日の報告をしたい。

エリスたちと別れたら、すぐに行くつもりだ。

俺は腰の剣を見つめる。

今、エリスやリアナとこんな風に笑えているのは、この剣と、防具のおかげだ。

迷宮でもそうだったが、ロートンとの戦いで親父さんの装備がなかったらと思うと、背筋が凍る。

とても無事では済まなかっただろう。

二人に会って、精一杯のお礼を伝えたい。

親父さんもフィアーナさんも、迷宮から帰ってきたら絶対に寄れって言ってくれたし。

あの二人ならきっと、笑顔で俺の話を聞いてくれるだろう。

エリスは少し考えると、一つ頷いて言った。

「いいわ、じゃあそこを教えてちょうだい。もし別に宿を取ることになっても、明日の朝、そのお世話になっている人の家の前で待ち合わせしましょう」

「ああ、分かったよエリス」

俺たちは、待ち合わせの時間を決めた。今日と同じ、三つ目の鐘だ。

そして冒険者手帳の余白に親父さんの家までの地図を書き、その部分を千切ってエリスに渡した。

「じゃあ約束よ！　エイジ」

「任せておけって。今度は遅れないからさ」

そう言うと、リアナがクスクスと笑う。

「エイジ！　また明日ね！」

「ああ、リアナ。明日もよろしくな！」

俺は別れの挨拶をして、大通りの人波に消えていく二人を見つめていた。

夕日が町を赤く照らし、建物がキラキラと輝いている。

「さて、俺も行くかな」

俺は肩を竦めて踵を返し、親父さんとフィアーナさんの店に向かった。

今日は色々あって疲れているはずなのに、とても足取りが軽い。

親父さんの豪快な笑い声と、フィアーナさんの笑顔を思い出す。

何だか、今日あったことを無性に聞いて欲しい。

早く親父さんたちに会いたくて、俺は通りを進む足を速めた。

15 初めて稼いだ金

大通りから脇道に入り、昨日歩いた道を進む。

家路につく人、酒場に向かう冒険者、店じまいの準備をする店主。

一日を終えた様々な人々とすれ違いながら、俺は充実した気分に浸っていた。

しばらく行くと、親父さんの店が見えてきた。

俺はさらに急ぎ足になり、やがてたどり着いて店の入り口の前に立つ。

そして、息を深く吸い込んで、扉を開けた。

「ただいま！」

元気よく大きな声で挨拶すると、剣の手入れをしていた親父さんが振り返る。

「おお、エイジ！　戻ったか!!」

親父さんは店の奥に向かって大声を出す。

「おいフィアーナ！　エイジが戻ったぜ‼」

間もなくして、店の奥からフィアーナさんが顔を出して苦笑した。

「聞こえてるよ。まったく、あんたの声は馬鹿デカいんだから、普通にお呼びよ」

そう言ってフィアーナさんはこちらにやって来ると、心配そうに俺の身体をあちこち確認した。

「怪我はないかい？　この人ったら、エイジが出かけてから心配しすぎて、心ここにあらずって感じでね。見てごらんよ、その剣なんて何度も磨いてるからピカピカじゃないのさ」

「ばっ！　馬鹿野郎！　心配してたのはお前じゃないか‼　エイジが帰って来たら食べさせるんだって、食いきれないほど料理作りやがって」

俺は笑った。

そして、日本にいる父さんや母さんを思い出す。

俺が就職して、初めて仕事に出かけたら、やっぱり母さんも父さんも心配するだろう。

しっかり、やってるのか。

誰かに迷惑をかけてないのかって。

もう父さんや母さんに会えないんだと思うと、やっぱり悲しい。

我がままばっかり言ってしまったけど、もっと親孝行すれば良かった。

喉の奥にこみ上げた熱いものを、目を閉じてぐっと呑み込む。

「さあこっちにおいで、お腹すいただろう？　着替えたら、さっそくご飯にしよう」

フィアーナさんが優しく声をかけて、俺を奥の部屋に通してくれた。

「ありがとう、フィアーナさん……」

俺は目尻に浮かんだものを拭い、親父さんの鎧を脱いだ。

食事が終わったら、明日に備えて綺麗に磨こう。

俺が着替えている間に親父さんは店を閉め、俺が戻ると三人で食卓を囲む。

テーブルの上には、豪華な料理が所狭しと並んでいる。

美味しそうな手作りのパンとスープ。

こんがりと焼かれた肉からは香ばしい匂いがして、食欲をそそる。そこに添えられている色とりどりの野菜には飾りが施されており、見ているだけで楽しい。

他にも、蒸した魚の料理、キッシュのようなものや、ハムと葉野菜のサラダなど、ちょっとしたお祝いの席と思えるほどのご馳走だ。

フィアーナさんの思いが、目の前の料理からひしひしと伝わってきた。

「まったく、はりきりやがって！　三人でこんなに食いきれないだろうが」

呆れたような表情の親父さんに、フィアーナさんは笑顔で胸を張る。

「大丈夫さ！　あんた覚えてないのかい？　エフィンなんて、これぐらいペロリと平らげたじゃないか」

フィアーナさんはそう言うと、ハッとして口をつぐんだ。

親父さんも、苦虫を噛み潰したような顔をして黙っている。

息子さんのことは、ずっと癒《い》えることのない心の傷なのだろう。

俺はそれにどうこう言うことはできないけれど、親父さんとフィアーナさんには、できるだけ笑っていて欲しい。

だから、元気よく胸を張って言った。

「食べるよ、俺！　腹が減ってしょうがないんだ。フィアーナさん、ありがとう！」

すると、フィアーナさんは強張っていた表情を少しずつ緩め、微笑んで頷いた。

「ああエイジ、沢山おあがり」

「ったく、馬鹿が……。さあ俺も食うぞ！」

大げさに腕まくりをした親父さんに俺とフィアーナさんは笑い、みんなで食事を始めた。

それから、俺は迷宮であったこと、そしてリアナやエリスのことを二人に話した。

隣に座っている親父さんは俺の背中を叩いて、たいしたもんだと笑って褒めてくれた。

フィアーナさんは、モンスターとの戦闘の話をするたびに心配そうに俺を見つめ、本当に無事でよかったと何度も言った。

そんな様子だったから、あまり心配させたくなくて、ロートンのことは話せなかった。

「エイジ、今日も泊まっていけるのかい？　そうしなよ、これから宿を探すのは大変だよ」

フィアーナさんのありがたい言葉に俺は頷いた。

明日からは宿を探すにしても、もう少しだけ二人に甘えていたい。

親父さんとフィアーナさんといると、とても居心地がよくて、安心する。

そうだ……。

俺は今日稼いだ大銅貨三枚と中銅貨二枚を食卓の上に置いた。

「あのさ。これ、二人に受け取って欲しいんだ」

「ああ？　何だこりゃあ」

親父さんが銅貨を見て眉を寄せ、俺をじっと睨む。

「今日の迷宮での稼ぎなんだ。少ないし、二人にしてもらったことの何十分の一にもならないけどさ」

すると、親父さんの目が鋭く光り、立ち上がって怒鳴った。

「馬鹿野郎！　こっちは金が欲しくてやってるんじゃねえんだ！　こんなもん受け取れるか‼」

フィアーナさんは突然の事態に慌てていたけど、そっと親父さんに近づくと、「まあまあ」と宥《なだ》めて座らせた。

そして少し落ち着いて腰を下ろした親父さんを見た後、俺に言う。

「この人の言う通りだよ、エイジ。あの武器や防具のお金を気にしてるのかもしれないけど、そんな必要はないんだからね？」

親父さんは酒のビンを握って、そのままぐいっと呷《あお》る。

「金じゃねえ、あの武器も防具も売るつもりはねえんだ！　この馬鹿野郎が！　早くそれを引っ込めやがれ!!」

だが、俺は黙ってテーブルの上の銅貨を、親父さんの方に差し出した。

「てめえ!!　まだ分からねえか!!」

親父さんは再び立ち上がって、鬼のような形相《ぎょうそう》をしている。

今にも俺をぶん殴りそうな親父さんを、フィアーナさんが焦って止めた。

「エイジ！　早くしまいな！　私たちはね、金なんか欲しくないんだ。こんなことをしてもらうために、エイジにあれを渡したわけじゃないんだよ」

それくらい、俺にも良く分かっている。

二人とも、まるで俺を息子のように可愛がってくれているから。

死んでしまった息子にしてやれなかったことを、俺にしてくれているのだろう。

「あんたにだって親はいるんだろう？　その金はご両親に渡しな。お願いだから、そうしておくれ」

フィアーナさんにそう言われて、俺は言葉に詰まった。

下を向きながら、喉から声を絞り出すように答える。

「……いないんだ、俺の父さんと母さん。もう、会えないんだ」

声が震える。

「俺、自分で金を稼いだのこれが初めてで……。もしまた会えるのなら、父さんや母さんに渡したかった」

親父さんやフィアーナさんと一緒にいると、自分の両親を思い出す。

二人の優しくて温かい笑顔が思い浮かんで、ボロボロと涙がこぼれた。

「俺、馬鹿だからさ。何の親孝行もしなかった。ありがとうだって、碌に言ったことがなかったんだ」

フィアーナさんは、悲痛な表情でじっと俺を見つめている。

「死んじまったのかい、エイジ。あんたの父さんも、母さんも」

俺は黙って頷いた。

実際に死んだのは俺の方だけど、もう二度と会えないことに変わりはない。

「俺、本当に嬉しかったんだ。この世界に一人ぼっちで、金もなくて。頼れる人が誰もいなくて困っていた時に、親父さんが家に上げてくれて、フィアーナさんがあったかいご飯を食べさせてくれて。二人とも笑顔で……。俺、本当に嬉しかったんだ。だから……」

フィアーナさんは、口元を手で押さえて涙を流し、身体を震わせていた。

親父さんは、俺が差し出した金を黙って見つめている。

「馬鹿が。そんなのはなぁ、俺らが勝手にしたことじゃねえか。馬鹿だ、てめえは」

酒をまたグイッと呷ると、俺の差し出した銅貨をまるで高価な宝石でも扱うように、武骨な指で手に取った。

そして立ち上がると、窓から夜空を見上げる。

「……なあ、見てるかい？　エイジの親父さん、お袋さんよぉ。こいつは立派にやってるぜ。なあ、エイジ」

親父さんの言葉に震える俺の肩を抱き、フィアーナさんは何度も頷いた。

「そうともさ、エイジは立派にやってるとも」

その晩、俺は親父さん、フィアーナさんと、色々なことを話した。

なんてことない話ばかりだったけれど、とても安らかな気持ちになる、温かい時間だった。

酒を飲んでいるうちに寝てしまった親父さんのいびきを隣で聞きながら、俺も床について、朝までぐっすりと眠った。


カン!!　カン!!　カン!!

気持ちのいいリズミカルなその音で、俺は目を覚ました。

まだ日が昇るか昇らないかという早朝である。

俺は聞こえてくる音が何なのか気になって、住居スペースから店の方に行ってみる。

その音は武器屋の階下から聞こえた。

店の奥には階段があり、下の階に繋がっている。

武器屋は、外の階段を上がった二階部分にある。だから、一階には何があるのかと気になっていた。

俺が店内にある階段を下りると、大きな作業場のようなところに出た。

大きな竈《かまど》には炎が踊っている。

親父さんはその前に座って、大きな槌《つち》を振るっていた。

「久しぶりだねぇ、あの人のあんな姿」

気づけば、フィアーナさんが傍に立っていた。

「長いことうちは、仕入れた武器や防具を売るだけの店になってたからね」

俺に微笑むと、フィアーナさんは続けた。

「あの人はね、昔は腕のいい鍛冶職人だったんだ。自分専用の剣を打って欲しくて、国中からそりゃあ沢山の剣士が訪ねて来たものさ」

フィアーナさんは、親父さんを見つめている。

「でも、あれが最後の作品だった。エフィンに渡せなかった最後の剣。私は辛くてね……あの人がずっと自分を責め続けているのが」

フィアーナさんは、優しく俺の肩に手を置いた。

「でもね、間違ってたんだよ。そんなことエフィンは望んじゃいない。エイジ、あんたがあの人に渡してくれたお金が、それを教えてくれたんだ。前に向かって生きるんだって。あの子に、天国で見てるエフィンに恥ずかしくないように生きるんだって。あの人、そんなこと言ってね」

すると、親父さんが俺たちに気づいて大声で言った。

「おう！　エイジか！　こっちに来い!!」

親父さんは椅子に座って手招きする。

筋肉質で太い首には、俺が昨夜渡した大銅貨一枚をネックレスにしたものがかかっていた。

「なあエイジ。迷宮に行く時以外でいいんだ。俺の仕事を覚えないか？　剣士なら鍛冶職人の技術を知っておいて決して損はない。剣を良く知らずにただぶん回すだけじゃ、どんな名剣もなまくら同然になっちまうからな」

「教えてくれるの？　親父さんが？」

こんな光栄な話はない。

大切な鍛冶職人の技術を、知り合ったばかりの素人の俺に教えてくれるなんて。

もし自分に合った防具や武器を思い通りに作れたら、これほど便利なことはないだろう。

それに、鍛冶職人になって剣を作るなんて、男として単純にワクワクする。

あ、ワクワクするって、リアナの口癖がうつったかな。

「当たりめえだろうが！　俺の息子なんだからよ!!」

息子……。

フィアーナさんは、俺を見て困ったように笑った。

「まったく、エイジにとっちゃいい迷惑だよ！　あんたなんかが、父親だなんて」

「うるせえよ！　弟子になれば俺の息子だ‼」

恥ずかしいのか、親父さんの顔は真っ赤になっていた。

しかし、それを隠すように竈《かまど》に向かう。

「言っとくがな、エフィンの代わりじゃねえぞ。エイジ、お前はお前だ。今日からお前は俺の息子だ、誰が何と言おうとな」

職人気質で不器用な親父さん。

俺を、まるで息子のように心配してくれるフィアーナさん。

俺は本当に運がいい。

異世界に来たばかりで、まだ右も左も分からない。

そんな世界でも、俺には帰ってこられる場所ができたんだ。

肩が震えた。

みっともないほど、涙が溢れ出す。

すると、フィアーナさんが、慌てて親父さんを怒鳴った。

「馬鹿！　あんたのせいで、エイジが泣いてるじゃないか‼」

「な、何おう⁉　エイジ泣くんじゃねえ！　俺がフィアーナに怒鳴られちまったじゃねえか‼」

親父さんの慌てっぷりがおかしくって、俺は泣きながら笑った。

それにつられ、親父さんとフィアーナさんも笑っていた。

16　鍛冶職人

「いいか！　よく見てろ、エイジ!!」

俺は親父さんの言葉に頷いた。

まだリアナやエリスがやってくるまでには時間がある。

だから、親父さんが剣を作る姿を、傍で見学させてもらっていた。

カン！　カン！　カン!!

熱い金属を力強く打つ音が、リズミカルに作業場に響く。

うわ……凄いな。

俺には鍛冶屋の腕前の良し悪しなんて分からないが、金属を鍛える親父さんの姿は格好よかった。

しっかりと金属を見据える瞳、そして迷いなく打ち出される大きなハンマー。

大きなペンチのようなもので熱せられた金属の板を挟み、竈の炎に入れては、また鉄の作業台に戻してハンマーで叩く。

鍛え上げられた親父さんの筋肉が、そのたびに躍動している。

一流の職人は、作業をする姿に無駄がなく美しいものなのだと、俺は感動した。

ひとしきり親父さんが槌を振るうと、赤く熱せられた金属の板は徐々に剣の形に変わっていく。

鮮やかで見事な技に、思わず見惚れる。

やっぱり、こういうのは男心をくすぐられるよな。

自分で剣を作るとか考えたこともなかったが、ぜひ挑戦してみたい。

俺は親父さんの傍で、食い入るように作業を見つめる。

飛び散る火花の中で、金属は次第に美しい剣の形を成していった。

夢中になって見ていると、親父さんは不意にこちらを振り返る。

「一緒にやってみるか？　エイジ！」

そう言って親父さんは、作業場にある一回り小ぶりの槌を俺に手渡した。

「いいの？　俺がやっても」

「やらなきゃあ、覚えらんねえ！　いいか、俺がやっていたように、向こうからハンマーで叩いてみろ」

俺は頷くと、親父さんの反対側からハンマーを振り下ろす。

どんな角度で、どれくらいの力で叩けばいいのかよく分からないから、つい躊躇《ためら》いがちになってしまう。

それに気づいた親父さんは、剣から目を離さずに叱《しか》った。

「逃げるんじゃねえ、エイジ！　鍛冶屋は目の前の炎と武具にビビったら終わりだ、碌なもんができやしねえ!!」

確かに、親父さんは真摯に炎と剣に向き合っている。

対して俺は、迷いながらただ打ってみただけ。

俺が戸惑っていると、親父さんは続ける。

「誰にだって最初は迷いがある。いいからお前の思うようにやってみろ！」

そうか。どうせ素人の俺にできることなんて高《たか》が知れている。

細かい部分は、親父さんが調節してくれているんだ。

「分かったよ、親父さん。俺、やってみる！」

気合を入れ直し、竈の中に揺れる炎と、目の前の剣に気圧されないようにグッと睨む。

戦う時だって、迷わずに自信を持って剣を振るわないと上手く技が使えないもんな。

「いいか、エイジ。剣は生き物だ、こいつで叩くことで強くなっていきやがる」

「はい、親父さん！」

今親父さんがやっている、ハンマーで金属を鍛えて剣を作る手法は、鍛造《たんぞう》というらしい。

手間がかかるし技術も必要だが、ハンマーで叩くことで金属の中の気泡を潰すとともに、金属に含まれる結晶を細かくして緻密にし、その並びを整えることで、強度を高めるのだそうだ。

剣の形にするためだけに叩いてるんだと思ってたけど、そうじゃないんだな。

俺は親父さんから説明を聞きつつ、しっかりと目の前の剣を叩き続けた。

親父さんがせっかく鍛えたものを、無駄にはしたくない。

「おう！　少しはましになってきたぜ。もっと強く打ってみろ、エイジ‼」

「はい！」

言われるままにやってみるが、上手くできているのかは分からない。

ただ、それでも自信を持って打ち続ける。

カン！　カン！　……カン！　カン！　……カン！

「手先ばかりを見るな！　耳でリズムを聞くんだ‼」

「はい‼」

親父さんに言われ、意識を手元から耳にも向ける。

時折、親父さんが竈の中に剣を入れると、その中で一瞬炎が踊る。

親父さんは途中で俺を止めたりはせず、最後まで一緒に剣を打たせてくれた。

「よし、これぐらいでいいだろう」

親父さんはそう言うと、ハンマーを打つ手を止める。

俺は緊張から解き放たれて、ふうと息を吐いた。

「一度こいつを冷まして研《と》いでやらねえとな。その後は、焼き入れして剣に魂を込めてやるのよ！」

一度研いだ剣を高い温度で加熱して、それを一気に冷やしてやることを焼き入れというそうだ。

その作業で、剣の良し悪しが大きく左右されるらしい。

そういえば、映画か何かで見たことあるな。真っ赤になった刀をジュュウウウ!! って、水か何かの中に入れてさ。

いかにも鍛冶職人って感じのシーンだ。

フィアーナさんが親父さんが熱心に説明するのを見て、クスクスと笑った。

「馬鹿だね、あんたは。そんなにいっぺんに覚えられやしないよ」

「う、うるせえな。分かってるぜ、そんなこたあ！」

フィアーナさんは、俺に目配せをして肩を竦めた。

「エイジ、もう少し付き合ってやっておくれ。エイジが鍛冶屋に興味を持ってくれて、この人嬉しくてしょうがないんだ」

「ば、馬鹿野郎！　フィアーナ、余計なことを言うんじゃねえよ!!」

そう言って鼻の頭を掻く親父さんを見て、俺とフィアーナさんは顔を見合わせて笑った。

二人といると、何だか幸せな気持ちになる。

これからもっと、親父さんにいろんなことを教わろう！

そんなことを思っていると、突然、頭の中で声が響いた。

『職業：鍛冶職人がＬＶ１になりました。【武器作成】を覚えました。【武器の知識】を覚えました。【鍛造技術向上】を覚えました』

やった！　ＬＶ１だけど、鍛冶職人になったぞ。

俺は早速、鍛冶職人をセカンドジョブに設定する。

名前：エイジ
種族：人間
職業：初級剣士LV15
セカンドジョブ：鍛冶職人LV1
転職可能な職業：初級剣士LV15、初級盾使いLV13、木こりLV3、
　木工職人LV1、鍛冶職人LV1
HP：170　　MP：20
力：78　　　体力：64
魔力：12　　知恵：42
器用さ：58　素早さ：61
幸運：21
スキル：【剣装備】【踏み込み】【袈裟斬り】【武器作成】【武器の知識】【鍛造技術向上】
魔法：なし
特殊魔法：時魔術【時の瞳】【加速】
加護：時の女神メルティの加護【習得速度アップLV10】【言語理解】【鑑定眼】【職業設定】

称号：なし

武器作成に、武器の知識。それに、鍛造技術向上か。よし、確認してみるか！

武器作成とか、厨二心を強烈に刺激する。

これぞ、生産職って感じだ！

俺は早速、新しい三つのスキルに鑑定眼を使う。

『スキル：武器作成　武器を作成するための技術。鍛冶職人のレベルが上がると、より複雑な武器も作成可能』

『スキル：武器の知識　武器の扱い及び使用における知識や技術が向上。戦闘時にも適用される。鍛冶職人のレベルが上がるほど効果を発揮』

『スキル：鍛造技術向上　鍛造により金属素材の材質を向上。鍛冶職人レベルの上昇に伴い、鍛造に要する時間が短くなる。熟練した鍛冶職人になれば、通常不可能な相性の金属同士を融合させることも可能』

鍛造って、さっき親父さんが言ってたハンマーで金属を叩いて、品質を向上させる方法だよな。

親父さんがこれだけ速く、立派な剣を打ち上げられるのは、鍛冶屋としてのレベルが相当高いからなのだろう。

金属の融合について親父さんに聞いてみると、性質の違う二つの金属を使って優《すぐ》れた剣を作る方法もあるそうだ。

「防具を作る時にも役に立つからな」

剣の他にも、防具を魔力を帯びた特殊な金属でコーティングするのに使うらしい。

迷宮の深部には強力な魔法を使う魔物もいるようで、その対策として効果があるという。

「腕のいい鍛冶屋になれば、魔法銀やオリハルコンを他の金属に融合させることができる。最高クラスの武器や防具の素材だから、滅多にお目にかかれないけどな」

魔法銀やオリハルコンか。聞いただけで凄い武器や防具が作れそう。

作業場には、親父さんが昔作ったのだろう、一本の剣が飾られている。

それは、きちんと研ぎ澄まされ、美しく輝いていた。

いかにもファンタジーの世界に出てくる大剣といった両手剣で、王者が手にしていたのかと思うほど、風格と迫力がある。

凄い剣だな……いつか俺にもあんな剣が作れるのだろうか。

スキルの武器作成は、鍛冶の経験によって、より高度な武器が作れるようになるらしいもんな。

武器の知識は、武器の扱いに関する知識や技術が向上するようだ。

それにしても、武器の知識のスキルの説明にある『戦闘時にも適用』っていうのは何だ？　レベルが上がると、武器を上手く使えるようになるってことか？

俺は鑑定眼で、もう一度スキルを確認する。

『スキル：武器の知識　武器の扱い及び使用における知識や技術が向上。戦闘時にも適用される。鍛冶職人のレベルが上がるほど効果を発揮』

うーん、確かに鍛冶職人らしいスキルではあるけど……。

これは、一度戦って試してみないと分からないな。

実際に迷宮で戦う時に、この武器の知識の効果が出るかどうかやってみよう。

メインは初級剣士のままでセカンドジョブを鍛冶職人にすれば、問題ないはずだ。

これは、セカンドジョブを設定できる俺の強みだろう。

そんなことを考えていると、打ち終わった剣を眺めながら親父さんが言う。

「なかなかいい筋《すじ》してるじゃねえか、あと何本か作れば、鍛冶職人に転職できるようになるだろう。お前は冒険者だから、迷宮に行く時と鍛冶仕事をする時で、いちいち教会に行って転職するのは面倒だろうがな」

親父さんの話では、一度修練を積んだ職の経験がなくなってしまうことはないそうだ。

例えば初級剣士ＬＶ15の俺が教会で鍛冶職人に転職して、再度初級剣士に戻ってもレベルは15のまま。過去に行った鍛錬は決して無駄にならない。

俺の場合は、それがセカンドジョブにも適用される。

親父さんは転職の手間を心配していたが、自分で職を変えられる俺には全く問題にならない。

すると、不意に親父さんが言った。

「そうだ、エイジ。一緒にお前のナイフを作ってみるか？」

「ナイフ？」

笑みを浮かべて、親父さんは頷く。

「冒険者なら、剣とは別に一本持っとくと便利だろうが？　素材集めにも役に立つしな」

確かにそうだよな。

素材によっては、採取に細かい作業が必要になることもあると思うし。

そんな時は、剣よりも細身で小さなナイフの方が便利に違いない。

それに、何と言っても自分で使うナイフを自分で作るとか、凄いよな！

リアナじゃないけど、やっぱりワクワクする。

「やってみるよ、親父さん！　手伝ってくれる？」

心を躍らせて頷くと、親父さんは嬉しそうに自分の胸を叩く。

「当たり前だろうが！　よし、任せとけ!!」

フィアーナさんが、そんな親父さんの姿を見て俺の背中に手を添えた。

「馬鹿だね、この人ったらすっかり張り切っちまって」

振り向くと、その瞳には薄《うっす》らと涙が浮かんでいた。

「フィアーナさん……」

フィアーナさんは指先で涙を拭って、笑顔になる。

「さあ！　それじゃあ私は、朝ご飯を作ってくるよ。エイジが好きなスープを作ろうかね！」

「ありがとう、フィアーナさん。俺、あの豆のスープ大好きなんだ！」

二人に出会ったあの夜に出してもらったスープだ。

どこか懐かしいような、優しい味がした。

凄く美味しかったって伝えたら、フィアーナさんが嬉しそうにしていたのを覚えている。

フィアーナさんが朝食を作るために二階に戻っていくと、親父さんは竈《かまど》に入れていた金属の板を取り出す。細長い形をしたそれは、熱せられて赤くなっていた。

その金属の板は、鉄に鋼を合わせたものらしい。

「いいかエイジ。よく見てろよ」

親父さんは大きな鑿《のみ》のような道具とハンマーを使って、鉄の作業台の上でその金属の板を二十センチメートル程度に切った。

ナイフの刀身と柄《え》にかませる部分を考えての長さだろう。

そして柄になる側を、大きなペンチのような道具で押さえてハンマーを振り下ろした。

それが終わると、刀身の部分にもハンマーを打ちつけ、金属の板はみるみるうちにナイフの原型を象《かたど》っていく。

俺は親父さんの手の動きや槌の動きをしっかりと見て、少しでも技術を吸収しようとした。

「よし。エイジ、お前も一緒に打ってみろ！」

「はい！　親父さん!!」

俺は親父さんよりも小ぶりの槌を持って、金属の板を叩き始める。

さっきの親父さんの動きを思い出しながら、形を整えるように何度かハンマーを振り下ろす。

カン！　カン！　カン！　カン!!

リズミカルに音が鳴っている。セカンドジョブに鍛冶職人を設定したからだろう、さっきよりはスムーズに槌を使えている。

だいぶナイフらしくなったな！

ある程度形が定まったところで、親父さんは打つのをやめて俺に仕上げを任せてくれた。

俺は親父さんの動きやリズムを真似て、槌を振るう。

「おお！　どうなってやがる!?　鍛冶職人になる前からこんなに上手い奴は見たことがねえ！」

ごめん親父さん！　俺、もう鍛冶職人に転職してるから……。

それからしばらく、俺は親父さんのアドバイスを聞きながらナイフを打っていった。

ハンマーがナイフの刃に当たって、赤い火花が散る瞬間が美しい。

俺はそれに見惚れながらも、槌を振るい続ける。

思わず夢中になってしまうが、その間も親父さんは厳しく指導してくれた。

「よし、もういいだろう！」

親父さんの言葉に、俺はハンマーを握る手を下ろした。

ふぅと一息つく。

頭の中で、いつもの声が響く。

『職業：鍛冶職人がＬＶ２になりました』

やった、鍛冶職人のレベルが上がったぞ！

でも……。

俺は作業台の上にあるナイフを見る。

夢中で打ったものだから、その出来栄《ば》えが良いのか悪いのか俺には分からない。

親父さんはジッと俺が打ったナイフを眺めた後、二階に向かって大声で呼びかけた。

「おい、フィアーナ！　ちょっと来てみろ！」

しばらくすると、二階からフィアーナさんが下りてくる。

「どうしたんだい、あんた。そんなに大きな声を出して？」

「いいからこれを見てみろ！　俺も手伝ったが、途中からはエイジにやらせたナイフだ」

フィアーナさんがじっとそのナイフを見つめて、驚いたように俺を振り返る。

「本当にエイジがやったのかい？　駆け出しの鍛冶職人が打ったものだって言っても分からないね、これは」

「そうだろう？　まだまだ未熟だが、鍛冶職人にもなってねえのに、大したもんだぜ」

親父さんが言うには、これから研いで、焼き入れをした後にいくつかの作業をすれば、十分使える出来栄えだそうだ。

俺はそれを聞いて嬉しくなった。

あまりに二人が褒めるものだから、何だか後ろめたくなって種明かしをする。

「俺、実はもう鍛冶職人になってるんだ。信じてもらえないかもしれないけど、俺には職業を自由に変えられたり、人より早く色んなことを身につけたりする能力があるんだ。女神の加護っていう力なんだけど」

俺の言葉に、フィアーナさんは大きく目を見開いた。

「へえ！　驚いた。そんな話は初めて聞いたけど、エイジが言うなら本当なんだろうよ。便利な力を持っている人間がいるもんだね。転職するには教会に行くのが当たり前だと思っていたよ」

親父さんもハンマー片手に驚いた顔をしている。

「ほう、女神の加護ねえ。そういやあ、そんな力を持った人間もいるって聞いたことがあるな。エイジ、お前はどんな女神さんの加護を受けてるんだ？」

「え？　は……はは。どんな女神だったかな」

出会いのインパクトを考えると、メルティのことは話しにくい。

何しろ、あの性格とファッションだからな。

しかも、女神の胸を触って加護を受けた人間なんて俺ぐらいのものだろう。

つい、加護のこと話しちゃったけど、この二人なら心配なんていらないよな。

そんなことを考えて親父さんとフィアーナさんを見ると、ふと二人の背後の壁に飾ってある絵が目に入った。

それは木の額縁に入っていて、例の立派な大剣の傍に飾ってある。

さっきは大剣にばかり目が行ってしまったが、よく見ると、その絵も温かみがあって美しく、心引かれた。モノトーンで、鉛筆に似た画材を使っているように見える。

そこには四人の人物が描かれていた。

一人は、若い頃の親父さんだろう。鍛冶職人姿の筋肉質な男性だ。

そして、長身の剣士らしき男と、治療魔道士風のローブ姿の男性。

剣士風の男性の隣に描かれているのは、綺麗な魔道士風の女性だった。

絵を見つめる視線に気がついたのか、フィアーナさんは俺の傍に立つと口を開いた。

「懐かしいね。あの絵はね、私が描いたんだよ」

17　フィアーナの絵

「フィアーナさんが？」

俺の言葉に、フィアーナさんは頷く。

「そうさ。もう、十五年以上前の話だけどね」

俺はフィアーナさんと一緒に、その絵に近づいた。

へえ。近くで見ると、ますます上手なのが分かるな。

繊細ながらも見事なタッチで、俺が見ても描いた人には絵の才能があることが分かった。

描かれた四人の表情は生き生きと映し出され、見る人に絵の中の彼らの魅力を伝えている。

親父さんは立ち上がると、俺たちの傍に来た。

「フィアーナは昔、絵描きをしててな。この町に来る冒険者たちから依頼を受けて、よく絵を描いてたもんよ」

その言葉にフィアーナさんは肩を竦める。

「貴族が屋敷に飾るようなご立派な絵じゃないよ。冒険者たちが、家族に送る手紙に添えるものさ」

フィアーナさんの話では、故郷を離れてフェロルクで冒険者をしている人たちの間で話題になり、中には、手紙の裏にフェロルクの風景を描いて欲しい、なんて依頼もあったそうだ。

この町には、そういう仕事専門の絵描きが結構いるという。

まるで絵葉書みたいだな。確かに、手紙をもらった人は嬉しいだろう。

送り主の元気な姿や、フェロルクの街並みの絵が手紙と一緒に見られるんだからな。

この店の看板も、フィアーナさんが描いたらしい。

「凄いね、フィアーナさん！」

俺の言葉にフィアーナさんは胸を張る。

「結構人気の絵描きだったんだよ。この人なんて冒険者でもないくせに、しょっちゅう絵を描いてくれってうるさくてね」

「ば、馬鹿野郎！　あれはその……なんだ」

慌てる親父さんを見て、つい笑ってしまった。

フィアーナさんは優しくて料理も上手だし、今でも綺麗だもんな。若い頃なんて絶対モテたに違いない。親父さん、頑張ったんだな。

誰かに送るわけでもなく絵を描いてもらいに行った理由なんて、一つしかないだろう。

笑っているのに気づいて、親父さんは俺の頭に軽く拳骨を落とした。

そして、咳払いをする。

「エイジは、そんな大昔のことを聞いちゃいねえだろうが」

気を取り直した親父さんは、絵の傍に飾られている大きな剣を眺めて言った。

「絵に描かれている剣士はな、この剣の持ち主なんだ。結局、頼んだっきり取りに来なかったがな。もう十五年以上も前の話さ。まあ、レオンの奴、本当に国王になっちまったんだから、取りに来なくて当たり前かもしれねえけどな」

「そうだねぇ。まさかレオンがこの国の王子だったなんて、あの時は私たち、知りもしなかったからね」

国王？　この剣の持ち主は王様ってことなのか!?

俺の表情から驚きを見て取ったのだろう、フィアーナさんが言った。

「その絵に描かれた剣士は、レオンリート・レークス・トラスフィナ。今のトラスフィナの国王さ」

国王って……どうして王様が冒険者みたいな格好をしてるんだ？

「でも、フィアーナさんが描いてたのって、貴族相手じゃなくて冒険者たちの絵だって……それに、国王様がどうしてこんな格好を？」

疑問を口にすると、フィアーナさんが答えてくれる。

「この町じゃあ、貴族が身分を隠して冒険者の真似ごとをするなんて、珍しくはないんだよ。でも、さすがに王子様ってのは考えもしなかったね。私たちも後になって知ったんだ」

親父さんは腕を組むと続ける。

「今でも貴族であることを隠している冒険者はいるからな。冒険者ギルドも、名前を変えて登録することは禁止してねえ。貴族がなんで冒険者をするのかは分からねえが、大迷宮でないと味わえない何かがあるとは、よく聞くな」

確かに俺が元いた世界でも、かつて貴族が狩りをしたなんて話はあるもんな。

道楽の一種として、迷宮の中でしか体験できないスリルを味わっているのだろう。

親父さんは絵を眺めながら、昔を思い出したのか、微笑みを浮かべて目を細める。

「このパーティの武器や防具は、俺が手入れをしてたんだ。だから三人揃ってよくうちにやってきてな。フィアーナも気に入って、一緒に飯を食ったもんだ」

「ああ。これはその時に描いたものさ。渡しそびれちまったけどね」

親父さんの言葉に、フィアーナさんは懐かしそうに頷いた。

そして、絵に描かれたもう一人の男性を指さす。

「こっちの治療魔道士が、今のフェロルクの領主のアルトス伯爵さ。王子様や伯爵令息のお忍びパーティだなんて、想像もしてなかったからね。今思うと、この人ときたら王様や伯爵様に失礼なことも言っちまってたからさ、よく無事でいられたもんだよ」

「う、うるせえ。王子だとか伯爵家の跡継ぎだとか、俺に分かるはずがねえだろうが。身分を明かさねえ向こうが悪いんだ！」

確かに、親父さんなら冗談でからかったりはしそうだよな。

庶民にとっては何でもない軽口でも、貴族には無礼に映るだろう。

「当然だろ、私たちに身分なんて明かせないだろうからね。前の国王が突然亡くなって、今の国王が戴冠《たいかん》する時、都にパレードを見に行ってね。その時に王様の顔を見て、初めてレオンの正体を知ったのさ」

「そうなんだ……」

親父さんは、立派なその剣を眺めながら言った。

「この剣はな、その少し前にレオンから依頼されて打ったものだ。いつか取りに来るんじゃねえかと思ってずっと預かってるんだが、今となっちゃあな……」

親父さんは、当時から腕利きの職人だったんだろう。

そうじゃなければ、偉い人がわざわざ路地にある小さな店を選んだりしないもんな。

十五年ぐらい前なら、親父さんは三十代半ば頃。職人としては脂が乗っている時期かもしれない。

何しろ、こんな立派な剣を作れるぐらいだからな。

俺はふと、その絵に描かれた魔道士らしき女性のことが気になって尋ねた。

「この人もどこかのお姫様とか？　綺麗な人だよね」

すると、フィアーナさんが絵の中の女の人を見て言う。

「ミレアのことかい？　そんなんじゃないよ。確か、貴族でもないはずさ。彼女は腕のいい魔道士でね。うちの店によく防具の修理に来てたんだけど、その時にレオンたちと知り合ったんだよ」

親父さんが頷いた。

「ああ、ミレアは一仕事終えて、当時組んでいた連中とのパーティを解消したばっかりだったからな。魔道士を探してたレオンたちには、ピッタリだったたってわけだ」

当時を思い出すようにフィアーナさんが言葉を継ぐ。

「気が合ったみたいでね、いつも三人一緒でさ。楽しそうだったね」

確かにフィアーナさんの描いた絵の中の三人は、みな楽しげに笑っている。

王様と平民って垣根は全く感じない。

「ミレアは俺たちと一緒で、多分二人の身分のことは知らなかったと思うぜ」

「ああ、そうだね。それに伯爵様はミレアに惚れてたみたいだけどさ、ミレアはレオンが好きだったね。私も女だから、ちょっとした仕草で分かるのさ。レオンもミレアのことを大事にしてたようだし」

剣士の肩に寄りかかって楽しそうに笑うミレアさんは、実に幸せそうだ。

すると、親父さんが思い出したように言う。

「そういやあ、レオンの奴、俺にこの剣を打ってくれって言った時に、白王の薔薇を取りに行くとか言ってたな。俺は止めたんだがよ。実際にあるのかどうかも分からねえ代物だ、命を懸けるだけ馬鹿らしいってな」

「へえ、それは初耳だね」

フィアーナさんが首を傾げる。

親父さんは、絵の中の王様を見ながら言った。

「なんでも、大切な人にプレゼントするんだって言ってな。俺はてっきりミレアにやるんだと思ってたんだが……」

フィアーナさんは溜め息をついて頭《かぶり》を振る。

「どうだろうね、今となっちゃあ分からないよ。もしそうだとしたら皮肉な話さ。今じゃあその薔薇を、レオンが必要としてるんだからね」

そうか、冒険者ギルドで隣の席にいた人たちが言ってたもんな。王様の病気は、もう白王の薔薇じゃないと治らないって。

壁に掛けられた絵を見ながら、フィアーナさんは続けた。

「どんな病も治す奇跡の薔薇。治療に使わなければ、永遠に枯れることもないっていうんだろ。Sランクの冒険者の中には見た者もいるらしいけど、そんな花が本当にあるのかね？」

親父さんは肩を竦める。

「どうだろうな。ただ、今は誰かが見つけてくれりゃあとは思うがな」

王様と伯爵の状況は分かった。

じゃあ、ミレアさんはどうなったんだろう？

この絵を見ると二十歳手前くらいだから、今は三十代半ばだろうか。

「ミレアさんは、まだこの町で冒険者をしてるの？」

気になって尋ねると、親父さんとフィアーナさんは顔を見合わせた。

そして、フィアーナさんが寂しそうに答える。

「さあね。あれ以来、三人ともここには来てないからね。噂じゃあ、子供を産んで、何年かして病気で亡くなったなんて聞いたけど」

「前にそんな噂を聞いた時、フィアーナと話してたのを思い出すな。その子はレオンの子供だったんじゃねえかって……」

だが、フィアーナさんは親父さんを呆れた目で見る。

「言っただろあんた、そんなはずないよ。もしそうなら、お世継ぎになる王子様か王女様じゃないか？　そんな子がいるなら、バルドルース公爵なんかにデカい顔させておくものかね。あんな男が次の国王だなんて、想像しただけで寒気がするよ」

「まったくだな。嫌がる侍女を力ずくでものにして、挙句の果てに殺しちまったとか、逆らった人間を酷い拷問にかけただとか。とにかく悪い噂しか聞かないからな」

フィアーナさんは心底嫌そうな顔で頷いた。

「町にだって、無理矢理あの男のものにされた娘はいるんだ。王族なんて言ってるけど、ただのケダモノだよ！」

「公爵だけじゃねえ。奴の息子も父親に輪をかけたようなろくでなしでな。執念深くて残酷な野郎だって話だ。親も親なら、子も子だぜ」

冒険者ギルドで聞いた通り、どうやら公爵の評判は良くないらしい。

親父さんは壁にかけられた大剣を見た。そして、作業場の窓から町の光景に目を移す。

「レオンが死んじまったら、フェロルクの町も今のままじゃあいられねえだろうな。警備隊は国王直属だからよ、今はまだ公爵の好き勝手にはさせねえが」

「ああ、ジーナもいるからね。レオンが生きているうちは大丈夫だとは思うけどさ」

今の王様は、聖王って呼ばれてるみたいだもんな。

親父さんたちの話を聞いても、いい人のようだし。

確かに、王様が代わって、警備隊でロートンみたいな奴が幅を利かせたら、この町もどうなるか分からない。そう思うと、少しゾッとした。

新しい国王になった途端、国が全く違う状態になるなんて普通にありそうだ。

学校で受けた歴史の授業でも、暴君は出てきたからな。

フィアーナさんは、壁に飾られた大きな剣を見て静かに呟いた。

「国王なんてのになって、幸せなのかねぇ。私は今でも、あの時のレオンとミレアを思い出すとそう思っちまうよ」

俺も親父さんも、黙って大剣を見つめる。

少ししんみりした雰囲気を変えようとしたのか、親父さんがハンマーを手に言った。

「まあ俺ならよ、いくら金を積まれてもごめんだな。国王なんてのは肩が凝《こ》りそうでいけねえや！」

それを聞いて、フィアーナさんがふぅと溜め息をつく。

「馬鹿じゃないかい。あんたに王様なんて務まるわけないだろ？　気苦労でこっちの身がもたないよ！」

「何おう？　フィアーナ、お前こそ王妃って柄《がら》じゃないぜ。貴婦人ぶって気取ったダンスを踊ってるお前なんて、想像もできねえ」

俺は澄まし顔でダンスを踊る親父さんとフィアーナさんを想像して、思わず噴き出した。

それを見て、フィアーナさんが俺を睨む。

「エイジ！　今あんた笑ったね!!」

「だ、だってさ。王宮で踊ってる親父さんとフィアーナさんを想像したら、可笑しくって」

親父さんとフィアーナさんは顔を見合わせる。

そして、二人とも楽しそうに笑った。

「確かにね、私とこの人が王宮でダンスだなんてさ！」

「まったくだ、背中がむず痒《がゆ》くならあな！」

そうは言ったものの、親父さんもフィアーナさんも整った顔立ちをしている。

きちんとした格好をしたら、わりと様《さま》になるかもしれない。

「ごめん、さっきは笑っちゃったけどさ、親父さんだってビシッとしてたら背が高くて精悍《せいかん》だし、
髭《ひげ》を剃《そ》ってタキシードを来た親父さんと、ドレスを着たフィアーナさん。

フィアーナさんは綺麗だから、結構似合う気もするけど」

なんだかんだで、絵になりそうな気がする。

すると、フィアーナさんは急に澄まし顔になって親父さんに言った。

「だってよ。久しぶりに踊ってみるかい？」

「おう、見てろよエイジ！　酒落《しゃれ》たダンスは無理だが、酒場で披露する踊りぐらいなら俺たちにもできるってもんよ」

二人は向かい合い、フィアーナさんの歌に合わせて踊りだす。

絵だけじゃなくて、フィアーナさんは歌も凄く上手かった。元々が芸術家肌なのだろう。

へえ、これがこの世界の歌か。それに楽しそうな踊りだな。

がっちりとした体格の親父さんがフィアーナさんをしっかりリードして、フィアーナさんがその周りを軽やかに踊っている。

親父さんが言うように、庶民が酒場で楽しむ踊りって感じだ。

この二人が酒場で踊っていたら、きっと目立つだろう。

親父さんもフィアーナさんも楽しげで、俺は歌のリズムに合わせて手を叩き、踊りを眺めていた。

その時、時刻を知らせる鐘の音が鳴り響く。

その数を数えながら、俺はあることを思い出した。

……やばい、そういえば。

親父さんに教えてもらった鍛冶仕事が楽しくて夢中になり、つい忘れていた。

エリスとリアナと約束してるんだった。

さっき鳴った鐘は、約束した時間の数より一つ多い。

しくじったと、俺がうなだれた直後。

店の入り口の方から声が聞こえてくる。

「すみません、こちらにエイジという人はいますか？」

「エイジ！　いるなら出てきなさい！　何が今日は遅刻しないよ!!」

18　エリスとリアナの訪問

最初がリアナ、そして悪態をついたのがエリスだ。

まだ出会って数日だが、本当に分かりやすい。

この店の前で待ち合わせをしていたが、俺がなかなか出てこないから呼びにきたのだろう。

「親父さん、フィアーナさん、ごめん！　ちょっと上に行ってくる！」

「おい、どうしたいエイジ！」

「お客さんかい？」

俺が慌てて階段を上って店の方に行くと、腰に手を当てて睨んでいる赤い髪の少女と、武器や鎧を見て目を輝かせているブロンドの少女がいた。

もちろん、リアナとエリスである。

「エイジ！　やっぱりいたのね。凄い、凄い！　こんなにいっぱい、剣や防具の種類があるなんて！」

いつもながら無邪気で可愛いリアナはいいとして、問題はエリスだ。

怒りに目をつり上げて、俺を射貫かんばかりに睨みつけている。

「外にいないから、店を間違えたのかと思って周辺の武器屋の前を探しまわったけど……あんたを信用した私が馬鹿だったわ！」

「エリス、それにリアナも本当にごめん！」

これは俺が悪い。素直に謝るべきだ。

騒ぎを聞きつけて、下の階から親父さんとフィアーナさんがやってきた。

「おい、エイジどうした？」

「誰だい、この子たちは？」

俺は二人を親父さんたちに紹介する。

「親父さん、フィアーナさん、昨日話しただろ？　この子たちなんだ、俺と一緒に迷宮に入ったのは。こう見えても、腕のいい魔道士と治療魔道士なんだぜ」

エリスが俺を睨む。

「ちょっと。『こう見えても』ってどういう意味？　失礼じゃない」

余計な一言をつけてしまった。慌てると碌なことがない。

リアナは親父さんとフィアーナさんに、可愛らしくお辞儀をする。

「初めまして、リアナと申します。エイジがここにいると聞いて参りました」

フィアーナさんは礼儀正しく挨拶をされて、慌てて身づくろいをする。

親父さんと踊っていたから、少し服が乱れていたようだ。

「こりゃあご丁寧に。可愛らしい子たちだね、エイジ！」

親父さんは、二人を見て豪快に笑う。

そして、ニヤリと口角を上げて俺を肘でつついた。

「エイジ、やるじゃねえか。わざわざ家まで迎えに来るたあ、きっとエイジに惚れてるな！」

うぁあああ！　親父さんやめて！　リアナはともかく、エリスには冗談とか通じないから！

案の定、エリスの顔が、みるみる赤く染まっていく。

「な！　なんですって！　私たちがどうしてエイジなんかに!!」

ああ、もうカオスだ……。

俺は頭を抱えてその場に立ち尽くした。


「美味しい!!」

リアナはスープを一口飲んでそう言った。

エリスの激怒から十五分後。

俺たちは今、店の奥にある部屋で朝飯を食べていた。

目の前には、俺の好物の豆のスープと、大きなパンが並べられている。

エリスとリアナには、食事の前に親父さんやフィアーナさんのことを話した。すごくお世話になっていて、息子のように可愛がってもらっている、と。

俺は鍛冶をしていて朝食をとっていなかったわけだが、リアナとエリスも軽くしか食べてこなかったそうだ。この世界でも、女の子はダイエットに勤《いそ》しんでいるんだろうか？

それを聞いて、フィアーナさんはみんなの分を作ってくれた。

不機嫌だったエリスも、フィアーナさんのスープを口にすると驚いたように目を見開く。

「ほんと、美味しい……」

それを聞いて、親父さんはドンッと食卓を叩いて笑う。

「最近の若い女は、碌に飯も作れねえくせに偉そうにしやがるからなぁ。だからいつまでも尻が青いままなんだ。お姉ちゃんたちもそのクチか？」

親父さん、やめてくれ……。

せっかくフィアーナさんの手料理で場が和《なご》んだと思ったら、親父さんが大きなハンマーでぶち壊してくれた。

そしてやはり、エリスが眉を吊り上げて親父さんを睨む。

「な！　会ったばかりなのに失礼な!!　私たちはもう立派なレディです!!」

親父さんは、でっかいパンをかじり、頬張りながらモグモグと答える。

「その様子じゃあ当たりだな、赤毛のお姉ちゃん」

エリスは、今にも親父さんにファイヤーボールをぶっ放しそうだ。

……親父さん、骨は拾うよ。

そんな剣呑《けんのん》な雰囲気をよそに、リアナはフィアーナさんに熱心にスープの作り方を聞いている。

俺は少し意外な気がして尋ねた。

「へえ、リアナって料理作るんだな」

お嬢様っていう雰囲気だから、使用人にでも作ってもらってるのかと思った。

リアナは胸を張って言う。

「得意なんですよ、これでも！　お父様に作って差し上げたくて」

フィアーナさんは、微笑ましそうにリアナの頭を撫でる。

「じゃあ、時々、家に遊びにくるかい？　色々と料理を教えてあげるよ。エイジの友達なら大歓迎さ」

「本当ですか、フィアーナさん！」

リアナの言葉を聞いて、エリスが軽く咳払いする。

勝気な表情で親父さんを睨んだ後、フィアーナさんに小さな声で言った。

「あ、あの、料理はやったことがないけれど、リアナがするなら、私も。……エイジも美味しそうに食べてるし」

ん？　俺が美味しそうに食べてるのと、エリスが料理を習うのと、何の関係があるんだ？

試食係でもしろということなのだろうか。

リアナはともかく、エリスの手料理は食べるのに少し覚悟がいる気がする。

不安になって視線を向けると、エリスは頬を染めて目を逸らした。

「な、何よ、勘違いしないでよ？　別に、あんたのために作るわけじゃないんだからね！」

「分かってるって」

エリスが俺に料理を作ってくれる姿なんて、想像もできないもんな。

ツンと澄ました顔に戻ると、エリスはぼそっと呟いた。

「本当に美味しいから、教えてほしかっただけよ」

その言葉を聞いて、フィアーナさんは胸を叩いて二人に微笑む。

「いつでもおいで！　あんたたちのどちらがエイジの嫁になっても大丈夫なように、みっちり鍛えてやるから!!」

ああ……フィアーナさん。

フィアーナさんだけは空気を読んでくれると思っていたのに、さすが夫婦である。

俺は、恐る恐るエリスの顔色を窺った。

エリスはまた真っ赤になった顔で、キッパリと宣言する。

「なりませんから！　ウサ耳の女の人を見てデレデレするような奴とは、絶対結婚しません!!」

それを聞いてリアナはぷっと噴き出し、親父さんが呆れたように俺を見た。

「もしかして、冒険者ギルドのエミリア嬢のことか。馬鹿だな、こいつ。あの笑顔に何人の男がコロッといってると思ってんだ」

フィアーナさんが、ゴツンと親父さんの頭に拳骨を落とす。

「なぁに言ってんだい！　この間あの子に『冒険者ギルドに安く武器を売ってください、お願いしますぅ』なんて甘い声で頼まれて、ほいほい店の武器をいくつか半額で売っちまったじゃないか。まったくそっくりだよ、この馬鹿親子は!!」

「あははははぁ！　おかしい！　ふふっ、ふふふ……あははは!!」

リアナはツボに入ったらしく、笑いが止まらなくなっている。

それに釣られて俺たちも笑みを浮かべ、その後は穏やかな食事に戻った。

食事を終え、俺たちは迷宮に入る準備を整える。

地球で言えばまだ朝の九時頃だろう、レベル上げの時間は十分にある。


店の外に出ると、親父さんの剣を打つ音が外まで聞こえてきた。

建物の煙突から、煙が勢いよく立ち昇っている。

リアナとエリスは先に出て、二軒先の野菜を売っている店を覗いていた。スープの作り方を教わったので、買う気はなくても材料を確認したくなったのだろう。

フィアーナさんは、通りまで出て俺を見送ってくれた。

その首には、親父さんと同じように、俺が昨日渡した銅貨を使ったネックレスがかかっている。

「エイジ、気をつけて行っておいで。無理するんじゃないよ」

そう言って、俺に弁当を持たせてくれる。

それを見て、ふと思い出す。

休みの日に学校へ部活に行く時、母さんもいつも笑って弁当を持たせてくれた。

それが当たり前だと思っていた。

……俺は本当に馬鹿だ。

当たり前で、だからこそ大事なモノがあったんだ。

言わなくちゃいけないことが、本当はいっぱいあったんだ。

フィアーナさんは、黙り込む俺を不思議そうに見ている。

俺は顔を上げると、フィアーナさんに言った。

「お願いがあるんだ。俺、大切な人に言いたかったことがあってさ。馬鹿だから、ずっと言えなかったんだけど……フィアーナさんに言ってもいいかな？」

フィアーナさんは首を傾げて微笑む。

「どうしたんだい？　改まって。いいよ、言ってごらん。私がその人の代わりになるとは思えないけど、それであんたの気が済むならさ」

手に持った弁当から、温もりが伝わってくる。
作ってくれた人の想いが、そこにはこめられていた。
フィアーナさんの目を真っ直ぐに見る。
大切な人を、思い出しながら。
「ありがとう、母さん。俺、行ってくるよ」
フィアーナさんはハッとして、俺を見つめた。
その唇が震えている。
「ああ……ああ、行っておいで。母さん、待ってるから」
フィアーナさんは目に涙を浮かべていた。
息子さんのことを思い出したのかもしれない。
俺は空を見上げた。
母さんに伝えたくて、もう伝えられない言葉。
伝えたかった相手。
伝えたかった言葉。
後悔ばかりだ。
だから、せめてこれからは悔いのない人生を歩いていきたい。
いつの間にか用事を終え、俺を待っていてくれた二人のもとへ向かう。

「行こう。リアナ、エリス」

二人は微笑んで頷いた。

「うん、エイジ!!」

「ええ、行きましょう!!」

俺は親父さんが剣を叩く音を聞きながら、迷宮を目指して歩き出した。

19 迷宮の奥へ

フィアーナさんが作ってくれた弁当は、パンに肉や野菜を挟んだ携帯食だ。

それを半透明の薄い皮で包んで、持ち運びがしやすいようになっている。

リアナとエリスの分も受け取ったので、二人に手渡した。

「ありがとう! フィアーナさんにお礼を言っておいてね」

「助かるわ、エイジ」

俺が腰から下げた小道具入れに大事に弁当をしまうと、二人も同じように腰の小物入れに入れた。

大通りを歩いて、迷宮を囲んでいる壁に向かう。

その入り口で警備隊の兵士に冒険者の証を見せて、手続きをして中に入った。

昨日と同じ兵士が受付をやっていたので、スムーズに事が進んで良かった。

「エイジ。とりあえずパーティを組むわよ」

エリスの言葉に、俺とリアナは頷く。

「ああ、頼む」

「お願いね！」

エリスの魔法でパーティを組むと、リアナにブレスをかけてもらって奥へと歩いていった。

しばらく進んだところで、どことなく違和感を覚えた。

「変だな、何だか静かすぎないか？」

周りを見渡しながら言う俺に、エリスも同意する。

「ええ、確かに妙な感じね」

その時、リアナが何かを見つけた。

「ねえ、二人ともあれを見て！」

「どうした？」

リアナが指し示した先には、二匹のビッグキャタピラーがいた。

ただし、何者かに倒された後だ。

傍に行ってみると、一匹は鋭い切り口で斬り裂かれており、もう一匹は火炎魔法で胴体の半分が吹き飛んでいた。

エリスがそれを見て言った。

「これは中級の火属性魔法、ファイヤーランスね。初級魔法の威力じゃないわ」

「こっちの切り口も普通じゃないな。上等な剣を使ってるのもそうだけど、かなり腕もよさそうだ」

「多分、中級クラスのパーティが近くにいるのね。それで魔物の姿が見えないのかしら。ほら、あそこにも」

エリスが指さす先にも魔物の死骸が見える。

「でもおかしくないか？　中級クラスでこんなにいい武器を持ってるなら、深層に続く入り口から進めばいいのに。こんな場所に来る意味なんてないだろう？」

俺たちは、昨日と同じく初級用の入り口から入った。この道は途中で崩れているから、迷宮の深い層までは行くことができない。

エリスも俺と同じことを思ったらしく、首を傾げる。

「そうね、中級クラスの人間にはメリットがないもの。レベルは上がらないだろうし、お金を稼ぐのなら他の入り口から入った方がいいはずだわ」

疑問はあるものの、ここで考えていても仕方ない。

「とにかく、もう少し進んでみるか」

俺の言葉に、エリスとリアナは頷いた。

しばらく歩くと、地下二階への階段が見えてくる。

周囲はエリスのライトーラの魔法で照らされているので、下りるのには苦労しない。

「下りてみましょう」

「エリス、待って。先に俺が行くよ」

俺だけ下りて安全を確認し、危険はないと判断して二人を下の階に呼んだ。

それから少し進んでも、辺りに魔物の姿は見えない。

昨日も、レベルが上がってからは地下二階や三階までは下りている。

初級用の区画は住みついている魔物が限られているとはいえ、昨日と違って一匹も魔物に遭遇しないというのは不自然だ。

静かだな……。

すると突然、エリスが囁くように言う。

「エイジ、何かいるわ！」

その時、俺たちは今までにないサイズの魔物の姿をそこに見た。

ビッグキャタピラーに似ているが、サイズが違い過ぎる。

エリスはそれを見据え、警戒して杖を構える。

「キングキャタピラーだわ。どうしてこんなところにいるのかしら？　普通はもっと深い階層に出る魔物のはずなのに」

俺が貰った冒険者手帳にも、五階層程度から出現すると書いてあった。

初級用でも五階層までは続いているので、そこから二階層まで上がってきたと考えれば不自然ではない。

ただ、俺たちが遭遇する可能性がある魔物としては、一番注意が必要な相手だ。

何に気をとられているのか、向こうはまだこちらに気づいていない。

それにしても、でかいな……。

ビッグキャタピラーよりも二回りは大きい。

尾が長く、その先には振り回すと威力がありそうな、棘《とげ》の生えたコブがついている。まるで巨大なメイスの先のようだ。

じっと息を殺して警戒していると、奴に動きがあった。

「気づかれたわよ‼」

「ああ！　向かってくるぞ！」

エリスの警告で、俺は剣を構え、リアナも杖を握る手に力を込める。

大きな赤い角を威嚇するように突き出し、こちらに迫ってくる。

キングキャタピラーというだけあって、その迫力はビッグキャタピラーの比ではない。

「ギィイイグウウウウ‼」

頭を高く持ち上げて、吠えるような声を上げる。

思わず気圧されそうになりつつも、自分を奮い立たせて二人に叫んだ。

「気をつけろエリス！　リアナ!!」

一瞬振り返ると、リアナはいつでも回復魔法をかけられるように杖を構えていた。

エリスも、攻撃魔法を撃つ準備を整えて、杖を魔物に向けている。

「援護は任せて、エイジ！」

俺が頷き、視線を前に戻したその時――――！

キングキャタピラーの口から、鋭い何かが無数に吐き出された。

それは、糸を針状にしたもの。

まるで小さな槍のようなそれを、もの凄いスピードで飛ばしてくる。

「きゃぁあああ!!」

「エイジ!!」

リアナとエリスが思わず声を上げた。

カン！　カン！　カン！

しかし、小気味いい音を立てて、その針は弾かれる。

俺は二人の前に立って、しっかりと盾を構えていた。念のために、剣を持った腕も添えている。

しかし針を弾いたのは盾ではなく、俺たち三人の周りに生じている青い防御結界だ。

エミリアさんがくれた手帳で、予習してきたからな！

セカンドジョブに設定した盾使いのスキル、範囲防御を発動したのだ。

上層の魔物の攻撃の特徴は、一通り頭に入っており、こいつが針を飛ばしてくることも分かっていた。

だが、実際に放たれたそれを目の当たりにすると、否応なしに緊張が高まる。

俺は、攻撃を防がれて唸りを上げるキングキャタピラーを見据えながら叫んだ。

「エリス！　攻撃魔法だ!!」

「任せなさい」

いつでも攻撃できるように詠唱を続けていたエリスの真紅の髪は、輝きを増している。

身体から魔力が溢れているのが俺にも分かった。

その姿は可憐で美しい。

細くしなやかな身体で杖を構えると、魔撃を放つ。

「喰らいなさい！　ストーンバレット!!」

エリスの杖から、まるでドリルのように先の尖った石の塊が生み出され、キングキャタピラーの腹部を貫いた。

「ギィイイグウゥウウウ!!」

つんざくような咆哮が辺りに響く。

だが、相手に怯む様子はない。
やっぱり一撃じゃあ仕留めきれないか！
キングキャタピラーが、巨体を揺らしながら怒りに任せて突進してきた。
そして、俺目がけて長い尾を振り回し、防御結界に直撃する。
メイスのような尾の先で、激しい衝撃を受けた。
「くぅう!!」
結界にピシリと音を立てて亀裂が入る。
同時に、自分の体力が削られるのが分かった。
その時、リアナが叫ぶ――！
「エイジ!!」
リアナの身体が白い光に包まれている。
俺がダメージを受けることを想定していたのだろう。
リアナは、回復魔法のヒーリングの詠唱を済ませていたようだ。
「行くわよ!!　ヒーリング!!」
白い光に包まれると、受けたダメージが回復して身体が軽くなる。
やはり、この二人は頼もしい。
状況を判断して的確に援護してくれるから、自然に連携できるのだ。

俺が体勢を立て直している間、エリスはストーンバレットを撃ち、敵を牽制しつつダメージを与えていく。

詠唱の隙を突いて、キングキャタピラーは再度、尾の一撃を加えてきたが、先ほどよりも威力が明らかに落ちていた。

俺は何とかヒビの入った防御結界を維持する。

エリスの魔法が効いてるな。弱ってきてる！

接近して攻撃を仕掛けるなら今だ。

暴れまわるキングキャタピラーを見ながら、俺は二人に叫んだ。

「二人とも下がってろ!!」

俺の言葉に、エリスとリアナは後ろに下がる。

二人が少し距離を置いたのを確認して、俺は範囲防御を解いた。

そして、同時にキングキャタピラーに向かって走る。

リアナが回復してくれたおかげで、思い切って飛び込むことができた。

キングキャタピラーが、俺に攻撃をさせまいと、糸を束ねた針を吐く。

俺はそれを左手の盾で防いだ。

糸でできた針だから、もし突き刺さっても死ぬほどではないが、毒があるらしい。

弱っているからだろう、動きが鈍《にぶ》っているので、どこに吐くつもりなのかは予想がついた。

とはいえ、浅い一撃で倒せるとは思えない。

俺はそのまま突き進んで、相手の懐に踏み込んだ。

「うぉおおおおお‼」

そしてタイミングよく袈裟斬りを放つ。

ザン‼

俺の振るった剣が、抵抗なくキングキャタピラーの体を斬り裂いた。

「ギグゥウウウウウ‼」

魔物の放った断末魔の咆哮が辺りに響く。

やがて、身悶えていた巨体が迷宮の床に横倒しになり、低い振動が足に伝わってきた。

やったか……。

キングキャタピラーはピクリともしない。

少し離れて様子を見ていたエリスもリアナも、こちらにやってくる。

「エイジ！」

「やったわね！」

俺は二人に頷いた。

その時、頭に声が響く。

『敵：キングキャタピラーを一匹倒しました』

『職業：初級剣士がＬＶ16になりました。初級盾使いがＬＶ14になりました』

『パーティ：パーティメンバーのレベルが上がりました。エリスが初級魔道士ＬＶ17、リアナが初級治療魔道士ＬＶ16になりました』

一匹でレベルが上がったか！　やっぱりこいつは今までの奴とは違うな。

二桁になってからは、さすがにレベルが上がりにくくなっていたけれど、強い魔物相手だと入る経験値も多いらしい。

俺がそんなことを考えていると、エリスが言った。

「やるわね、エイジ。キングキャタピラーの表皮は、ビッグキャタピラーよりもずっと硬いって書いてあったわ。それなのに！」

リアナも頷いた。

「そうよね、エリス。今まで通り、一撃で斬り裂いたもの！」

確かにな、昨日までなら、一撃では仕留めきれなかったかもしれない。

俺は二人の方を振り返る。

そして、言った。

「ああ。実はさ、ちょっと試してみたんだ」

俺の言葉に、二人は不思議そうな顔をする。

「試したって、何をよ？」

エリスに聞かれて、俺は剣を鞘にしまいながら説明する。

「昨日はきちんと話してなかったけどさ、俺は二種類の職業の力を同時に扱えるんだ。剣士なのに、盾使いのスキルを使ってるだろ？」

セカンドジョブのことは、まだきちんと二人に話してなかったもんな。

すると、エリスは驚いたような声を上げた。

「まさかそんなことが？　でも確かにそう考えれば、剣士のエイジが範囲防御を使えるのが理解できるわ」

「ああ」

リアナは目を輝かせ、ぱっと俺の手を握った。

「凄いわ、エイジ！　それも女神の加護なの？」

しかし、エリスはまだ不思議そうに首をかしげている。

「でも、それと剣の技のキレと何が関係してるの？　盾使いは防御主体の職でしょう？」

確かにエリスの言う通りだ。

だが、俺の今のステータスはこうなっている。

名前：エイジ
種族：人間

職業：初級剣士LV16
セカンドジョブ：鍛冶職人LV2
転職可能な職業：初級剣士LV16、初級盾使いLV14、木こりLV3、
　木工職人LV1、鍛冶職人LV2
HP：190（180**+10**）　MP：31（21**+10**）
力：88（83**+5**）　体力：73（68**+5**）
魔力：17（12**+5**）　知恵：50（45**+5**）
器用さ：67（62**+5**）　素早さ：70（65**+5**）
幸運：27（22**+5**）
スキル：【剣装備】【踏み込み】【袈裟斬り】【武器作成】【武器の知識】【鍛造技術向上】
魔法：なし
特殊魔法：時魔術【時の瞳】【加速】
加護：時の女神メルティの加護【習得速度アップLV10】【言語理解】【鑑定眼】【職業設定】
称号：なし
パーティ効果：【習得速度アップLV10】（所持者エイジ）

キングキャタピラーの懐に飛び込みながら、俺はセカンドジョブを鍛冶職人に切り替えていた。

そもそも攻撃している時は範囲防御を使えないので、盾使いであることのメリットはＨＰの上昇ぐらいしかないからな。

試したかったのは、鍛冶職人のスキルである武器の知識の効果だ。

『スキル：武器の知識　武器の扱い及び使用における知識や技術が向上。戦闘時にも適用される。鍛冶職人のレベルが上がるほど効果を発揮』

ここには、戦闘時にも適用って書いてあったからな。

それにしても、凄い斬れ味だった。

もちろん、親父さんが鍛えた剣は元々凄い斬れ味なんだけど、昨日俺が扱った時よりも威力がグッと増したのが自分でも分かった。

剣を振り下ろす時の角度や力の入れ具合、斬り裂いて刃を抜く時の微妙な角度など、最適なものが自然と理解できた。

良い包丁を使っても、料理人と素人では仕上がりが違うのと同じことだろう。

昨日まではただ無我夢中で剣を振り回していたけど、さっきのは一瞬ではあるものの、剣が自分の身体の一部になったような感覚だった。

俺は、自分の握っている剣を眺めた。

昨日まではできなかったことが、自然とできる。

もちろんまだ上層の魔物相手に過ぎないし、鍛冶職人のレベルだって2だから、効果は高が知れてるんだろうけど。

ゲームの経験でスキルを連携させることは得意だが、俺には本格的な剣術の経験はないからな。

その意味では、武器の知識のスキルの効果は大きいだろう。

状況に応じて盾使いと使い分ければ、かなり有利に戦えるはずだ。

俺が二人に全て説明すると、リアナは興奮して握った手を上下に振った。

「エイジ！　凄い！　いつの間に鍛冶職人になったの⁉」

「はは……突っ込むところそこなのか？」

少し天然なところがリアナの良さだ。何だか和《なご》む。

だが、俺が頬を緩めていたその時、黒い影がリアナを襲った。

「きゃぁああ‼」

しまった！

話に夢中で、すぐ傍にブラッドバットが潜んでいることに気がつかなかった。

ここまで、キングキャタピラー以外の魔物の姿が死骸以外になかったから、油断してしまったのだろう。

「リアナ伏せてろ‼」

「エイジ‼」

リアナは床に伏せ、俺の背後を見て声を上げる。

その瞬間――――！

俺は振り向きざまに、黒い影を斬り裂いた。

両断されたブラッドバットはそのまま絶命する。

最初は剣では斬ることができなかったこの魔物も、レベルとステータスが上昇したこと、そして武器の知識の効果で、今ではもう敵ではない。

「痛っ！」

だが、安心したのも束の間、リアナが地面に蹲《うずくま》って指先を押さえていた。

「リアナ‼」

思わずそう叫び、しゃがみ込むリアナの身体を抱き寄せる。

リアナの顔は少し青ざめていた。

綺麗な指先はブラッドバットの爪に傷つけられたらしく、どんどん腫れ上がってきている。

「エイジ……毒が……」

「待ってろ、リアナ！」

俺のせいだ、戦闘前も倒した後も、油断しすぎた！

俺はリアナの腫れ上がった指を口に含むと、毒を吸い出す。

そして地面に吐き出し、もう一度リアナの指先を吸った。

それを見て、リアナが大きく目を見開く。

まるで天使のように整った顔が、みるみる真っ赤になっていった。

「あ……あの、エイジ？」

リアナはそう言って、小さな声で詠唱を始める。

光が集《つど》うと、杖を握りしめた。

「キュ、キュアポイズン！」

リアナの身体が清浄な光に包まれていく。

え？　そ、そうか！　自分の毒も解毒できるんだな……。

指先の腫れも、すぐに治まった。

リアナが、彼女の指を咥《くわ》えている俺を、ジッと見つめている。

リアナの大きな瞳の睫毛《まつげ》まで、ハッキリと見える距離だ。

「え、エイジ……指……」

リアナはトマトのように真っ赤な顔で、小声で呟いた。

ハッとして顔を上げると、エリスが俺に向けて杖を構えている。

「あ、あんた！　な、な、何してんのよ！　リアナから離れなさいよ!!」

俺は慌ててリアナから離れ、エリスに弁解する。

「ち、違うって！　リアナに毒が！　俺、慌てちゃってさ！　毒を吸い出さないとって!!」

「黙りなさい！　この変態!!」

エリスの杖から、唸りを上げてストーンバレットがぶっ放される。

それは俺の盾で逸れて迷宮の壁にぶち当たった。

「こ、この！　せっかく手加減してあげたのに、なんで防ぐのよ!!」

「無茶言うなって！　いくら手加減されてても、まともに喰らったらただじゃすまないだろ!?」

確かに、エリスがさっきキングキャタピラーに放ったものとはサイズも威力も全く違ったが、当たれば痛いに決まってる。

エリスがまた俺に向かって杖を構えると、リアナが俺とエリスの間に入って叫ぶ。

「駄目！　エリス！　エイジは私のためにしてくれたんだから!!」

「ちょ、ちょっと……。何よ、リアナ」

リアナは俺を振り返り、ゆっくりと歩いてくる。

そして、こちらを少し睨んで言った。

「エイジ。もうあんなことしないって約束して」

……怒ってるよな、リアナ。当たり前か。

リアナの綺麗な指先がどんどん腫れ上がっていくから、早く助けなきゃって思って、咄嗟《とっさ》に身体が動いたんだ。

でも……。

俺はリアナに謝った。

「ごめんな、リアナ。あんなことして、嫌だったよな」

俺がすっかりうなだれていると、リアナは俺の手を握って首を振った。

「そうじゃないの。さっきのがもし本当に強い毒だったら、エイジが死んでしまっていたかもしれない。だから、危険なことはやめて。エイジやエリスを守るのは、私の仕事だから」

「リアナ……」

そうだよな。素人考えで吸い出せばいいって思ったけど、それがかえって危険な場合もあるだろう。

俺はリアナに、改めて頭を下げる。

「分かったよ。リアナを信じて任せるから」

「うん」

リアナは俺の手を握って嬉しそうに微笑む。

リアナって本当に可愛いよな。清楚で綺麗で優しくてさ。

大きな瞳が俺をジッと見上げている。

そして、少し震えた小さな声で、俺に言った。

「そ、それに、エイジだから、私、別に嫌じゃなかったし」

「え？」

俺が聞き返すと、リアナは再びみるみる真っ赤になっていく。

そして、そっぽを向いてしまった。

「もう！　何でもない！　エイジの馬鹿‼」

エリスがそれを聞いて、我が意を得たりと杖を構える。

「ほら！　やっぱり嫌だったんじゃない！　リアナ、どきなさい。私がその変態を浄化してあげるわ‼」

「何だよ、浄化って！　別に変な意味はないって言ってるだろ‼」

ツンと顔を背けるエリスを見て、俺もそっぽを向く。

互いに譲ろうとしない俺たちの間で、リアナがオロオロとしている。

その時、男の声がした。

「おやおや、こんなところで喧嘩かい？」

声の聞こえた方を向くと、迷宮の奥から、こちらにやってくる二人組のパーティの姿が見えた。

一人は剣士だろう。もう一人は魔道士風の男だ。

俺たちに声をかけてきたのは、ニヤけた魔道士風の男の方らしい。

隣の剣士風の男が、エリスとリアナを見て口角を上げた。

「ほう、女の冒険者か？」

20　二人組の冒険者

剣士風の男、魔道士風の男ともに、いかにも高そうな装備を身につけている。

年齢は二人とも俺たちより少し上——十七か十八歳ぐらいだろうか？

魔道士は中肉中背で銀色の髪、そして剣士は長身で赤い髪をしている。

もしかしてこいつらか？　この辺りの魔物を倒していたのは。

俺は、剣士が手にしている鋭い刃の剣を見てそう思った。

おそらくあのキングキャタピラーは、こいつらから逃れるために地下二階まで上がってきたのだろう。

剣士の目は蛇みたいで、俺は一瞬寒気がした。

その目が、舐《な》めまわすかのようにエリスとリアナを見ている。

「冒険者にしておくにはもったいない女たちだな。せっかくこの町に来たのだ、一度は迷宮にと思ったが、もう飽きた。そうだな、冒険者の女を試してみるのも悪くはない。おいギリアム、この小僧に金を渡してやれ」

剣士の言葉にギリアムと呼ばれた男は頷く。

「はい、マーキス様」

ギリアムと呼ばれた魔道士は、腰に下げた布袋から一枚の金貨を取り出した。

そして嘲《あざけ》るようにこちらを見ると、それを俺の足元に放り投げる。

「遠慮なく拾いたまえ。それを拾ったら、僕たちの前に女を置いてさっさと消えるんだな」

その言葉を聞いた瞬間、頭にきて叫んだ。

「ふざけるな！　エリスとリアナは俺の大事な仲間だ!!」

「「エイジ!!」」

エリスとリアナが俺の傍に寄り、心配そうにしている。

そんな俺たちの様子を見て、マーキスと呼ばれた剣士の男が笑う。

「安心しろ、お前の仲間は俺が面倒をみてやる。冒険者などしている女だ、金で何でもするのだろう？　用が済めば金貨の数枚も渡してやろう」

下卑《げび》た笑みを浮かべるその男に、エリスが激怒する。

「何ですって！　もう一度言ってみなさいよ!!」

エリスが杖を構えると、マーキスは大きくエリスに向かって踏み込み、その身体を羽交《はが》い締《じ》めにした。

あまりにも素早い動きで、俺は一歩も動くことができなかった。

「気が強い女だ」

男の力で押さえつけられ、エリスが苦しげに顔を歪める。

「うう……」

「やめろ!!」

俺は叫んで腰の剣に手をかけ、マーキスを睨む。

その隙に、リアナがギリアムに抱きすくめられた。

「いや！　エイジ!!」

華奢な身体を捕らわれて、リアナは必死に身を捩《よじ》っている。

その拍子に、腰から下げた小物入れの中身が散らばった。

ＭＰを回復させるためのポーションが入った小さな小瓶とともに、フィアーナさんが作ってくれた弁当が地面に転がる。

野菜や肉を間に挟んだパン。携帯用に半透明の薄い皮で包んだものだ。

それを見てギリアムは、嘲笑《あざわら》うかのように言った。

「大人しく僕たちについてきた方がいいぞ。しっかり奉仕して、もしこのお方に気に入られれば贅沢ができるからね。美しいドレスを着て、こんな粗末なものを食べる必要なんてなくなるよ」

そう言ってギリアムは、フィアーナさんが作ってくれた弁当を踏み潰した。

「何するのよ!!」

エリスが自由にならない身体で叫び、リアナの瞳に涙が浮かぶ。

「酷い……せっかくフィアーナさんが作ってくれたのに」

俺は朝、微笑みながら弁当を手渡してくれたフィアーナさんの顔を思い出した。

フィアーナさん……。

拳を握りしめる。

全身の血液が沸騰《ふっとう》するような感覚に襲われた。

「……どけろ」

ギリアムがこちらを睨む。

「何だと小僧、それは僕に言ったのか？」

俺はしっかりとギリアムの目を睨みながら、もう一度言った。

「その足をどけろ!!　二人を放せ！　今すぐに!!」

ギリアムの顔からすっと笑みが消え、低い声が響く。

「……貴様、誰に向かって口をきいているのか分かっているのか？」

さっきまでのニヤけた表情や、小馬鹿にしたような口調は一切ない。

傲慢《ごうまん》さと怒りが表に出た声で俺に言う。

すると、マーキスが怒りに震える俺を見て笑った。

「面白い。ギリアム、俺がこの小僧と遊んでやろう。化け物退治など下らん遊びだったが、殺すのが人間ならば少しは楽しめそうだからな」

平然とそう言う男の目は、冷酷そのものだ。

「マーキス様。ですが、今はまだお父君にとって大事な時期です。さすがに殺すのは」

「くく、ならばじっくりと痛めつけてやろう。殺された方が良かったと思うほどにな」

その瞬間――――！

マーキスに羽交い締めにされていたエリスが、その腕に噛みついた。

「ぐっ！　この女!!」

「エイジ！」

エリスは俺を見つめながら、もがいてマーキスの腕から抜け出そうとする。

だが、顔をマーキスに激しく平手打ちされて、エリスの口から悲鳴が上がった。

「きゃぁあああ!!」

マーキスはエリスの髪を掴んでいる。

エリスの頬に鋭い剣の刃が押し当てられて、俺も動くことができない。

「やめろ！」

「このアバズレが。……くく、まあいい。この手の女をじっくりと飼い慣らすのも悪くはない。しばらく大人しくしていろ」

マーキスはエリスの首を絞め上げる。

「うぁ!!」

エリスは呻き声を漏らして、その場に崩れ落ちた。

「エリス！　エリス!!」

リアナが必死に呼びかけるものの、反応はない。

俺は拳を握りしめる。

「……よくも!!」

「安心しろ、殺すには惜しい女だ。お前と遊んでやる間、大人しく寝ていてもらおう」

そう言って、手にした剣を俺に向ける。

鞘や柄に美しい模様が刻まれた、見るからに高価なサーベルだ。

「Eランクの冒険者など、所詮《しょせん》は初級クラスの剣士だろうが？　まともに俺の相手ができるとは思えんがな」

そう言って剣を握る手に力をこめると、瞬時に俺の懐に飛び込んでくる。

速い！

ジーナさんほどではないが、ロートンの踏み込みくらいの速さはある。

やはり、中級の剣士だろう。

俺は剣を構えるものの、受け止めるのが精一杯だった。

「くくく、これは都でも有数の刀匠が鍛えた剣だ。貴様が買えるような安物の剣で打ち合えば、へし折れるだけだぞ」

「黙れ！　折れたりなんかするものか‼」

親父さんが作った剣だ、こんな奴の剣に負けるはずがない！

俺は目の前に迫った剣を、親父さんに貰った剣で弾き返す。

すると、マーキスは驚いた顔をした。

「ほう、下級冒険者風情の持つ剣にしては、思っていたよりいい剣みたいだな。だが、いつまでもつかな」

そう言うと、俺をいたぶるように剣戟《けんげき》を繰り返す。

マーキスの俊敏な動きについていくのが精一杯で、防戦一方だ。

剣と剣がぶつかり合い、激しい火花が飛び散った。

マーキスは俺の剣を押し返し、鋭い突きを放つ。

何とか身を捩ってかわすが、マーキスの剣が頬を掠め、そこが浅く斬り裂かれるのが分かった。

マーキスは剣を引いて構え、余裕の笑みを浮かべる。

「くく、さっきの威勢はどうした？」

そして、マーキスは俺を見下すようにして、訝しげに言った。

「しかし、妙な小僧だ。たかがEランクの冒険者の剣捌《けんさば》きとは思えん」

「はぁ、はぁ……」

激しい攻防に体力を削られ、俺は肩で息をした。

もし武器の知識がなかったら、とっくに俺は身体中傷だらけにされているだろう。

マーキスの剣を辛うじて左右に受け流すことができているのは、このスキルがあるからだ。

「だが！　これならばどうだ!!」

「うぅ!!」

先ほどよりも遥かに鋭い突きが、俺の肩口を狙う。

今までは、俺を嬲《なぶ》るために手加減していたのだろう。

必死でそれを剣で弾くが、逸らしきれずに右の二の腕を少し斬り裂かれた。

血が流れるのを見て、リアナが叫ぶ。

「いやぁあ！　エイジ!!」

「リアナ、大丈夫だ！」

俺は後ろに跳んで距離を取り、リアナにちらりと視線を向ける。

ギリアムに身体を押さえつけられ、泣きながらもがいているリアナを見て、俺はもう一度、盾と剣を構えた。

今日はまだ時魔術を使えない。

どうしたらいい!?

一瞬、痛みで身体がぐらつく。

俺は目の前の男を睨みつけた。

駄目だ！　こんな奴らに、二人を自由にさせるものか‼

地面に倒れているエリスを見ると、自然と剣を持つ右手に力が入った。

マーキスが嘲笑う。

「その剣、叩き折ってくれるわ‼」

親父さんが魂を込めて鍛え上げた剣を構え、口を引き結ぶ。

親父さん、俺に力を貸してくれ‼

マーキスが迫り、剣を振り下ろす。

それを俺は、親父さんの剣を振り上げて受け止めた。

激しい衝撃音が辺りに鳴り響く。

鍔《つば》迫《ぜ》り合いをしながら、力ずくで上から押さえつけられて、俺は地面に膝《ひざ》をついた。

「どうした、小僧？」

歯を食いしばる。

親父さんの鍛えた剣を握りしめて、俺は吼えた！

「うぉおおおおおおお‼」

全力で剣を押し返した、その瞬間――！

「何⁉」

マーキスが、俺の剣を見て叫んだ。

何だ、これは!!
俺は、親父さんから貰った剣を茫然《ぼうぜん》と眺めた。
剣が内側から光を放っていた。
まるで、剣の中に秘められた何かがあふれているかのようだ。
その輝きが、マーキスの剣を弾き返す。
「馬鹿な！　一体何だこれは!?」
そう言って後ずさったマーキスに向かって、俺は突っ込んでいく。
どう動くかを考える前に、自然と身体が動いた。
剣が輝きを増し、力が漲《みなぎ》ってくる。
身構えるマーキスに向かって、俺は自分の剣を振るった。
「――!!」
「うぉおおおお!!」
縦に一閃、そして横に一閃。
刃の先が十字を切る！
剣を持つ手が燃えるように熱い！
親父さんの剣が、俺の身体の一部になったかのような感触。
そしてその瞬間、何かが目覚めるのを感じた。

「クロススラッシュ‼」

俺の描いた十字の太刀筋が、空中に白く輝くクロスを描く。

「な、なん……だと⁉　ぐぅううう‼」

目の前に十字の光が迫り、マーキスは必死に剣と盾を構えて防御する。

だが、剣にはピシリと無数の亀裂が走り、そして砕け散った。

盾も十字に切れ目が入って、ひび割れる。

光が収まった後、奴の右腕には、鋭い太刀傷が刻まれていた。

マーキスはヨロヨロと後ろに下がっていく。

「馬鹿な！　俺の剣が！　都の最高の職人に作らせた盾が、お前ごときに……」

負傷したマーキスのもとに、慌ててギリアムが駆け寄る。

右腕の十字傷は、ジュウジュウと微かな音を立てていた。

あの時の十字の光に焼かれたのだろうか。

「ぐぉおおお！　俺の右腕がぁああ‼」

「マーキス様‼」

よほど大事な人物なのか、ギリアムはすっかり動揺していた。

「マーキス様！　は、早く治療を‼　一度お屋敷に戻りましょう！　姉上ならば、このような傷すぐに治してくださいます」

マーキスは血が滴《したた》る右腕を押さえながら、忌々しげに俺を睨みつける。

「くっ！　おのれ！　よくもこの俺に！　許さん！　許さんぞ!!」

そしてぐらついた身体をギリアムに支えられ、迷宮の出口に向かう。

その目は血走っており、怒りに燃えていた。

「貴様……。その顔、絶対に忘れんぞ！　覚えておれ!!」

強烈な悪意とともに二人が視界の外へ消えると、俺は息を吐いてその場に膝をついた。

リアナが傍に駆け寄ってくる。

回復魔法をかけようとするリアナに、俺は言った。

「エリスを……エリスを先に」

俺はもう一度立ち上がると、リアナとともにエリスの傍に急いだ。

剣を地面に置いてエリスの身体を抱き上げ、リアナに回復魔法をかけてもらう。

念のために周囲を警戒しているが、幸い、魔物の気配はない。

「ヒーリング!!」

リアナが回復魔法をかけると、しばらくして、エリスはゆっくりと目を覚ます。

そして、ぼんやりとした目で俺を見つめた。

「エイジ……」

俺は、綺麗な顔に少しだけ流れた鼻血を丁寧に拭いた。

エリスは俺の顔を見て微笑みを浮かべ、安堵の息をつく。

「無事だったのね。良かった」

「……馬鹿だなエリス、自分の心配をしろよ。あんな危ないことして」

エリスはきっと、俺のためにあいつの腕に噛みついたのだろう。

こんな華奢な身体で、必死になって。

俺はエリスの赤い髪をそっと撫でる。

口は悪いけど、心から信頼できる仲間だ。

「馬鹿……。あんな奴らすぐにやっつけてよ。私たちのナイトなんでしょ？」

エリスはそう言って、俺の身体にギュッとしがみついた。

細い身体が震えているのが分かる。

いつも勝気なエリスだが、やはり中級クラスの男相手で恐ろしかったのだろう。

俺はエリスを抱きしめた。

「ごめんな、エリス。痛い思いをさせて」

リアナは、俺たちのそんな姿を見て、泣きながら微笑んでいた。

その時、頭の中で声が響く。

『ユニークスキル：【武器覚醒】を覚えました』

武器覚醒……？　もしかしてさっきの光のことか!?

俺はエリスを抱きしめながら、自分のステータスを確認する。

名前：エイジ
種族：人間
職業：初級剣士ＬＶ１６
セカンドジョブ：鍛冶職人ＬＶ２
転職可能な職業：初級剣士ＬＶ１６、初級盾使いＬＶ１４、木こりＬＶ３、
　木工職人ＬＶ１、鍛冶職人ＬＶ２
ＨＰ：７０（１８０＋**１０ｌ１２０**）　ＭＰ：３１（２１＋**１０**）
力：８８（８３＋**５**）　体力：７３（６８＋**５**）
魔力：１７（１２＋**５**）　知恵：５０（４５＋**５**）
器用さ：６７（６２＋**５**）　素早さ：７０（６５＋**５**）
幸運：２７（２２＋**５**）
スキル：【剣装備】【踏み込み】【袈裟斬り】【武器作成】【武器の知識】【鍛造技術向上】
ユニークスキル：【武器覚醒】
魔法：なし
特殊魔法：時魔術【時の瞳】【加速】

加護：時の女神メルティの加護【習得速度アップLV10】【言語理解】【鑑定眼】【職業設定】
称号：なし
パーティ効果：【習得速度アップLV10】（所持者エイジ）

通常のスキルの隣に新しい項目がある。

ユニークスキル！　これってジーナさんと同じヤツか⁉

Sランクの冒険者たちが、必ず一つは身につけているという特別なスキル。

早速、新しく覚えたスキルを確認してみる。

『ユニークスキル：武器覚醒　戦闘職が【武器の知識】を使用しながら戦うことで、稀に技を習得する能力。一定確率、もしくは使用者の熱き魂により、武器に秘められた力が覚醒する。鍛冶職人のレベルが上昇するにつれて、さらに強い力を呼び覚ますこともある。秘められた力のない武器には効果がない』

武器に秘められた力……。

あの白い光、そしてその後に使うことができた、あの技のことか。

でも俺のスキルの中に、クロススラッシュというものは見当たらない。

俺は地面に置いた剣を見つめる。

もしかすると……。

そう思い、剣に鑑定眼を使った。

『名匠の魂が込められた剣：武器固有スキル【クロススラッシュ】』

やっぱりそうだ。武器覚醒で目覚めたのは俺のスキルじゃなくて、この剣のスキルなんだ！

俺はさらにクロススラッシュを確認する。

『武器固有スキル：クロススラッシュ　名匠と呼ばれる鍛冶職人が、魂と祈りを込めて作った剣に秘められた力。縦横に凄まじい速さで二段攻撃を繰り出す。十字が描かれた瞬間、聖属性効果の光を放つ。発動に強い精神力を必要とする』

でも……。

強い精神力か……確かに、使った後は思わず膝をついてしまった。

俺は親父さんの剣を握りしめた。

魂と祈りを込めて鍛え上げられた剣。

あの瞬間、まるでこの剣自身に魂が宿っているかのように感じられた。

やっぱり親父さんは凄い。こんな武器を作れるなんて。

……親父さん。俺、親父さんのおかげで二人を守れたよ。

リアナは、踏みにじられて中身の散らばったフィアーナさんの弁当を丁寧に拾い集め、包んであった薄皮に戻した。

もう食べられないけれど、そのままにはしておけなかったのだろう。

「フィアーナさんに謝らないと」

「リアナのせいじゃないさ」

リアナはやっぱり優しい。

彼女は涙を浮かべて俺の傍に来ると、少しだけ俺の肩に頭を預ける。

それから回復魔法をかけてくれたリアナは、そういえば、と思い出して俺に尋ねる。

「最後のあの技は何だったの、エイジ。相手の剣を砕くなんて、凄い技だったわ。十字にクロスした光が見えたし」

「ああ、実はさ……」

俺は二人に、武器覚醒のスキルや、クロススラッシュのことを伝える。

すると、リアナは驚いたように声を上げた。

「ユニークスキルって！　特別な人じゃないと使えないって聞いたのに！」

「ああ。剣士と鍛冶職人で戦うと武器を上手く使えると思ってはいたけど、おかげで助かったよ」

スキルの説明を見る限り、秘められた力のない武器には全く効果がないらしい。

ということは、逆に言えば、もしかすると他にも秘めた力を持った武器があるのだろう。

そしてふと、あの大剣のことを思い出した。

鍛冶場の壁に飾られていた、美しく威厳に満ちた剣。

まさに王者の剣といったあの剣からは、何か不思議なものを感じた。

「エイジ？」

気づけば、エリスが俺を不思議そうに見ている。

「ごめん、ちょっと考えごとしてた」

「もう、しっかりしなさいよね」

そう言ってエリスが腕を組んだとき、右手のローブの袖口がめくれて腕輪が見えた。

へえ、魔法使いの装備かな？

エリスの髪と同じように、美しく赤い腕輪だ。そこには、何か変わった形の紋章のようなものが描かれている。

「エリス。その腕輪、綺麗だな」

「え？」

俺がそう言うと、エリスはローブの袖を直した。

どうしたんだろう？

エリスのことだから、「当然でしょ！　私が選んだんだから」とか言うと思ったのに。

不思議に思っていると、リアナが俺にずっと抱きついているエリスを見て、少しだけ頬を膨らませる。

「さっきから、エリスだけエイジに甘えてずるい。私だって怖かったのに！」

それを聞いて、エリスの顔が真っ赤になる。

「な！　だ、誰がエイジに甘えてるっていうのよ！　リアナの馬鹿‼」

エリスは慌てて俺を押しのけ、距離を取った。

それから咳払いをして、地面に転がっている自分の杖を拾う。

「さ、さあ行くわよ！　グズグズしてなんかいられないわ。今日はほとんど魔物を倒してないんだから！　時間がもったいないわよ！」

エリスの調子が戻ったので、俺とリアナは顔を見合わせて笑った。

21　殺せずの聖女

それから俺たちは、一度地上に戻り、別の初級者用の入り口から入ってレベル上げをした。

同じ場所にいて、さっきの連中がまたやってくると面倒だし、あいつらに魔物が狩られたせいで、あまり戦闘ができないと思ったからだ。

あいつ、蛇のように執念深そうな目をしてたよな。

リアナやエリスが言うには、都からお忍びで来ている貴族の子息だろうって話だ。

フェロルクにやってくる貴族の子供が、試しに迷宮に入ることはよくあるらしい。

親父さんたちもそんなことを言ってたし、確かにあいつら、やたらと偉そうだったからな。

相手が貴族なら、あの振る舞いも納得できる。

でも、どう考えても悪いのは向こうだ。

リアナ曰《いわ》く、警備隊にしっかり事情を話せば、奴らが貴族だろうと、俺たちに無茶な手出しはできないという。

「冒険者が納める税は、フェロルクはもちろんのこと、トラスフィナ王国にとっても大切な財源の一つなの。だから、冒険者を無下に扱うことは貴族にもできないわ。少なくとも冒険者として迷宮に入った以上、貴族でも特別扱いされないのが普通だもの」

「まともな連中ならあんな真似しないはずなのに、よっぽどの馬鹿貴族の息子か何かよ！」

憤慨するエリスに俺は頷いた。

「ああ、そうかもな」

エリスはすっかり元気になったらしく、いつもみたいに悪態をついている。

でもまだ少し怖いのだろう、物音がすると、時々キュッと俺の手を握る。

マーキスたちのことが思い起こされるのかもしれない。

あんなことをされれば、当然だ。

勝気な性格のエリスじゃなかったら、とても再び迷宮に入ろうとは思わないだろう。

それでも無理をしているのが、少し震える指先から伝わってくる。

「大丈夫だってエリス。傍にいるからさ」

「勘違いしないでよね！　べ、別に怖くなんてないんだから!!　仲間だからよ。仲良くなったら握ってもいいって、リアナが言ってたもの」

まったく、素直じゃないな。まだそんなこと言ってるのか。

もしかして、エリスやリアナも貴族の娘なのかな？　この世界に来たばかりの俺が言うのもなんだけど、ちょっと世間知らずなところがあるし。

でも、二人とも、あんな連中とは違う。

それに、きっと話す気になったら教えてくれるだろう。

俺はふと、親父さんに聞いた王様とミレアさんの話を思い出した。

二人がとても身分の高い貴族の娘だったりしたら、俺はどうするんだろう？

今と同じように楽しく話ができるのだろうか。

そう考えると、少し聞くのが怖い気がした。

そんな俺の気など知る由もなく、エリスが明るい声で言う。

「ねえ、エイジ。もうすぐ初級のレベルが20になるわ、そうしたら、一度迷宮を出て教会に行きましょう！　中級になったら、もっと強い魔法を使えるようになるはずだもの！」

「そうだな、そうしようか！」

俺が同意すると、リアナも大きく頷いた。

今の自分のステータスは、こんな感じだ。

名前：エイジ
種族：人間
職業：初級剣士ＬＶ１９
セカンドジョブ：鍛冶職人ＬＶ２
転職可能な職業：初級剣士ＬＶ１９、初級盾使いＬＶ１７、木こりＬＶ３、
　木工職人ＬＶ１、鍛冶職人ＬＶ２
ＨＰ：２２０（２１０**＋１０**）　ＭＰ：３４（２４**＋１０**）
力：１０３（９８**＋５**）　体力：７５（７０**＋５**）
魔力：１９（１４**＋５**）　知恵：５９（５４**＋５**）
器用さ：７９（７４**＋５**）　素早さ：８２（７７**＋５**）
幸運：３０（２５**＋５**）
スキル：【剣装備】【踏み込み】【袈裟斬り】【武器作成】【武器の知識】【鍛造技術向上】
ユニークスキル：【武器覚醒】
魔法：なし
特殊魔法：時魔術【時の瞳】【加速】
加護：時の女神メルティの加護【習得速度アップＬＶ１０】【言語理解】【鑑定眼】【職業設定】

称号：なし
パーティ効果：【習得速度アップLV10】（所持者エイジ）

俺だけじゃない、あれからしばらく狩りを続けて、今は全員そろってレベルが19になっている。

キングキャタピラーがいる第五層以下に下りることも考えたが、二人が落ち着くまではと思って上層のビッグキャタピラーを中心に狩っていたからな。

「もっと下の階層で戦えば早かったのに」

そう言って不満そうにするエリスを見て、俺は笑った。

「どうせ中級になれば下の階層に行けるんだ。慌てる必要はないさ」

「それは、そうだけど」

少し時間がかかったとしても、今無理をする必要はない。

そう思っていると、リアナが俺に頷いた。

「中級になればパーティ全員の回復を同時にできるようになるもの。エリスだって、もっと強い攻撃魔法を覚えられるはずよ？」

「へえ！　凄いなリアナ！」

それは心強い。

ゲームでも、回復職が全体回復を覚えると楽になるもんな。

魔法職も覚える魔法がグレードアップすると、ガラッと強さが変わる。

俺の言葉にリアナは胸を張り、楽しそうに笑みを浮かべる。

「新しい魔法を覚えられると思うと……」

「ワクワクする！　だろ？　リアナ」

いつもの口癖を俺が代わりに言うと、リアナは頬を膨らませた。

「もう！　エイジ!!」

「はは、ごめん、リアナ」

エリスはそんな俺たちを見て、つられて笑顔になる。

「そうね、レベル20までもうすぐだもの。ここまできたら慌てる必要はないわ。まずはクラスチェンジを目指しましょう！」

「ああ、そうだな」

もともとのレベルが一番高かったエリスが一足先に20になるだろうけど、それほど時間を置かず、その後にリアナも俺も初級レベルの上限に達するはずだ。

クロススラッシュが使えるようになったので、レベル上げの効率が良くなっている。

使うとかなり疲れるから、連続して発動するのは難しいけど。

スキルの説明にあった通り、発動するために強い精神力を必要とするからか、一度使うと、しばらく倦怠感《けんたい》に襲われる。

ただ、いざという時にこのスキルが使えるのは大きい。

今日みたいなことが、この先ないとは限らない。

切り札が時魔術だけでは、やはり心もとないからな。

そのためにも、早く中級にならないとな！

そんなことを考えていると、前方から魔物がやってくるのが見える。

「エイジ！　来るわよ!!」

いつも通り、エリスの声が響く。

俺は頷き、親父さんの剣を構えた。

◇◇◇

丁度その頃。

フェロルクの町の奥にある大きな屋敷の一室で、一人の女が男の頬を叩いていた。

ここは、『白王の薔薇』を探しに都から赤竜騎士団を引き連れてやって来た王弟、バルドルース公爵のために用意された屋敷である。

その嫡男ラフェト・マーキス・バルドルースの広く豪奢な部屋の中で、女は怒りに目を吊り上げていた。

月光のようなプラチナブロンドと同じ色の瞳、そして銀色の唇。

息を呑むほど美しいスタイルは、男であれば欲望を掻き立てられずにはいられないだろう。

年齢は二十代前半。形の良い胸と、縊《くび》れた腰へ流れるような身体のライン。

それはまるで、一流の彫刻家が作り上げた芸術を思わせる。

女は一人の若者を立たせ、再び、その頬をピシャリと平手打ちする。

暴力を振るう、その仕草さえ優雅で美しい。

「あ、姉上、申し訳ございません！　僕が愚かなばかりに、ラフェト様に怪我を！　どうかお許しくださいませ!!」

必死に許しを乞《こ》うているのは、先ほど迷宮にマーキスとともにいた、ギリアムという若者だ。

女の背後にある立派な椅子には、マーキスが座っている。

ギリアムが呼んだ『ラフェト』とはバルドルース公爵の嫡男のファーストネームで、迷宮では一応身分を隠すため、「マーキス」と呼んでいたのであった。

もう何度も平手打ちをされているのだろう、ギリアムの頬は無残にも真っ赤に腫れ上がっている。

「姉上、どうかもう！」

ギリアムは、その美しい女の脚に甘えるようにしがみつくと、涙を流した。

「立ちなさい、ギリアム！」

女の言葉に、ギリアムは震える手で顔を覆う。

「手をどけなさい。この姉の言うことが聞けぬのですか？」

ギリアムは恐る恐る、顔を庇っている手をどかした。

「姉上様！　ラフェト様が見ています、やめて……」

言葉が終わらぬうちに、激しい平手打ちの音が部屋に響く。

猛烈な勢いで頬を打たれて、ギリアムの鼻から血が飛び散った。

「ひっ！　ごめんなさい！　姉上!!　ごめんなさい!!」

迷宮の中での傲慢さは一切見えず、怯えた子供のように許しを懇願する。

女は顔色一つ変えずに、ギリアムを叩き続けた。

「この愚か者！　迷宮に行くなど、この姉は聞いていませんよ。もしラフェト様が命を落とされるようなことがあれば、お前の取るに足らぬ命などでは贖《あがな》えぬことが分からないのですか？」

腫れ上がって赤から紫になりかけているギリアムの頬を見て、ラフェトは苦笑いする。

「もうよい、アンリーゼ。そなたのお陰で、傷は癒えたのだしな」

ラフェトの言葉を聞いても、アンリーゼの手は一向に休む気配がない。

美しい銀髪の美女は、アンリーゼ・リア・エルゼスト。

トラスフィナ王国の貴族、エルゼスト子爵の娘であり、ギリアムの姉である。

不出来な弟とは違い、その英知は都の魔法学院を首席で卒業したことからも明らかだ。

エルゼスト家は子爵の地位にあるが、元はバルドルース公爵の陪臣《ばいしん》である。

今の地位を得ることができたのは、子爵自身の才というより、この娘の存在が大きい。

「いけません。幼き頃に母を亡くしたこの子を、母親同然に育ててきたのはこのわたくしです。ラフェト様がお遊びで迷宮に入ろうなどとお考えになったとしても、それを止めるのが侍従であるこの子の役目です」

アンリーゼが静かにラフェトを見つめる。

「しかも、公爵家の嫡男ともあろうお方が、下級冒険者風情に後れをとったなどと噂が広まれば、いい笑いものです。屋敷の者たちには他言無用と伝えましたが、いずれお父君の耳にも入りましょう」

それを聞いて、ラフェトは笑いをかみ殺した。

目の前の女性が、自分に対しても苦言を呈していることに気がついたからだ。

「うむ。もう二度と勝手な真似はせぬ。ギリアムを許してやれ」

普段は決して女に詫びたりする男ではないが、この女だけは特別である。

白い光で焼かれた右手は、女の力で何事もなかったかのように治療されていた。

ラフェトの言葉を聞いて、女の白い指がギリアムの頬に触れる。

すると、みるみるうちに、先ほどの頬の赤みと腫れが消えていく。

ギリアムは姉の足元に跪《ひざまず》いて頭を下げた。

「ああ、姉上」

ラフェトは笑みを浮かべる。

「どんな傷も一瞬で癒す力、か。無論、お前自身に刻み込まれた傷さえもな。何人《なんぴと》たりとも命を奪うことができない、『殺せずの聖女』とはよく言ったものよ。そして、聖女のもつ強力な魔力。近づいた者を灰にするほどの聖なる雷《いかずち》を放つと聞いたが、俺も実際に見たことはないからな」

「試してご覧になりますか？」

銀色の瞳が静かにラフェトを見つめている。

その身体はいつの間にか帯電していて、白い光がバチバチと音を立てていた。

床が、あっという間に焦げつく。

公爵家の嫡男はそれを見て、ゴクリと唾を呑み込んだ。

「やめておこう。だが、お前に頼みたいことがある」

ラフェトがギリアムに目配せをすると、ギリアムは姉に縋《すが》った。

「姉上……。ラフェト様と僕の仇《かたき》を討ってくださいますか？」

まるで幼子が母に甘えるような態度。

女はその頬を撫でて軽くキスをすると、氷のような瞳で前を見つめた。

「下賤の身で尊き方に傷を負わせ、わたくしの大切な弟の名誉を傷つけた罪、必ず償《つぐな》わせましょう。いいですね？　ラフェト様」

ラフェトは椅子の肘掛に頬杖をつき、大きく頷く。

「アンリーゼを怒らせるとは、あの小僧も運がない。傍にいる二人の女は傷をつけずにここへ連れてこい。このような町でも退屈しのぎにはなろう」

そう言って愉快そうに笑ったラフェトの顔は、酷く歪んでいた。

とあるおっさんのVRMMO活動記
PCオンラインゲーム
絶賛サービス中!
ワンモア・フリーライフ・オンライン
とあるおっさんのオンライン活動記
ワンモア界に激震!
これまでに類を見ない
鬼畜なモンスターが登場!
「創作装備」で自分だけの
強力装備を作り
冒険に出かけよう!
詳しくは http://omf-game.alphapolis.co.jp/ へアクセス!
© Howahowa Shiina © AlphaPolis Co.,Ltd.

YUUSHA NO SONOGO
勇者のその後
1
2
地球に帰れなくなったので
自分の為に
異世界を住み良くしました
JUUICHIYA SUI
十一屋翠
これは、誰も知らない
エンディング後の
物語である。

おっさんが異世界を満喫する、ほのぼの冒険ファンタジー!!!

気づくと、異世界に飛ばされていた心優しきおっさん・タクマ(35歳)。その世界を管理する女神によると、もう地球には帰れないとのこと……。しかし、諦めのいい彼は運命を受け入れ、異世界で生きることを決意。女神により付与された、地球の商品を購入できる能力「異世界商店」で、バイクを買ったり、キャンプ道具を揃えたり、気ままな異世界ライフを謳歌する! 懐いてくれた子狼のヴァイス、愛くるしい孤児たち、そんな可愛い存在たちに囲まれて、心優しきおっさんは今日も何処へ行く?

◎各定価：本体1200円+税　◎Illustration：岡谷

雪華 慧太（ゆきはな けいた）
愛知県在住。2016年に「召喚軍師のデスゲーム ～異世界で、ヒロイン王女を無視して女騎士にキスした俺は！～」で出版デビュー。2017年からアルファポリスにて連載を開始した本作がたちまち人気となり、2作目の書籍化となる。

イラスト：冬馬来彩

本書はWebサイト「アルファポリス」（http://www.alphapolis.co.jp/）に投稿されたものを、改稿、加筆のうえ、書籍化したものです。

成長《せいちょう》チートになったので、生産職《せいさんしょく》も極《きわ》めます！

雪華 慧太

2017年 11月 30日初版発行

編集－篠木歩・太田鉄平
編集長－塙綾子
発行者－梶本雄介
発行所－株式会社アルファポリス
〒150-6005 東京都渋谷区恵比寿4-20-3 恵比寿ｶﾞｰﾃﾞﾝﾌﾟﾚｲｽﾀﾜｰ5F
TEL 03-6277-1601（営業） 03-6277-1602（編集）
URL http://www.alphapolis.co.jp/
発売元－株式会社星雲社
〒112-0005 東京都文京区水道1-3-30
TEL 03-3868-3275
装丁・本文イラスト－冬馬来彩
装丁デザイン－ansyyqdesign
印刷－中央精版印刷株式会社

価格はカバーに表示されてあります。
落丁乱丁の場合はアルファポリスまでご連絡ください。
送料は小社負担でお取り替えします。

ISBN978-4-434-24015-7 C0093